HEYNE BÜCHER

BLAUE REIHE

Patrick Quentin

MORDGEFLÜSTER

Kriminalroman

Aus dem Amerikanischen
von Alfred Dunkel

WILHELM HEYNE VERLAG
MÜNCHEN

HEYNE BLAUE REIHE
02/2344

Herausgegeben
von Bernhard Matt

Titel der Originalausgabe:
A PUZZLE FOR FOOLS

Wilhelm Heyne Verlag GmbH & Co. KG, München
Printed in Germany 1991
Umschlagillustration: Nele Schütz, München
Umschlaggestaltung: Atelier Ingrid Schütz, München
Satz: Kort Satz GmbH, München
Druck und Bindung: Presse-Druck Augsburg

ISBN 3-453-04949-7

Nachts wurde es stets schlimmer. Und in dieser besonderen Nacht hatte man mir zum erstenmal keinerlei Schlafmittel gegeben.

Moreno, der diensthabende Psychiater, hatte mir nur einen seiner düsteren, ungeduldigen Blicke zugeworfen und gesagt: »Sie müssen anfangen, wieder auf eigenen Füßen zu stehen, Mr. Duluth. Wir haben Sie lange genug verhätschelt.«

Ich hielt das für unvernünftig und sagte es ihm auch. Bezahlte ich denn nicht genug pro Woche, um die Kosten für eine dreifache Dosis Bromid zu decken? Ich bettelte; ich widersprach heftig, schließlich wurde ich fuchsteufelswild und machte ihm gegenüber von dem bemerkenswerten Vokabularium Gebrauch, das an sich nur Alkoholikern vorbehalten war, die man zwei Wochen lang ohne Schnaps eingesperrt hatte. Aber Moreno zuckte nur die Schultern, als wollte er damit ausdrücken: Diese Trunkenbolde machen mehr Ärger, als sie wert sind.

Ich hatte erneut zu fluchen begonnen, doch dann dachte ich: Was soll's? Hat doch keinen Zweck. Den wirklichen Grund für meine Bitte um ein Betäubungsmittel konnte ich ihm ja doch nicht nennen, weil ich nicht zugeben wollte, daß ich Angst hatte; blinde, gräßliche Angst – wie ein Kind, das im Dunkeln allein gelassen werden soll.

Seit nahezu zwei Jahren hatte ich nach einem bestimmten Plan täglich acht Stunden lang getrunken. Es hatte nach jenem Theaterabend angefangen, bei dem Magdalene ums Leben gekommen war. Aber täglich eine Flasche Schnaps paßt nicht ins Leben eines arbeitenden Mannes. In meinen wenigen lichten Momenten hatte ich zu begreifen begonnen, daß meine Freunde es leid waren, mich dauernd zu bemitleiden; daß ich drauf und dran war, meinen Ruf, den ich mir als New Yorks jüngster Theaterproduzent erworben hatte, zu verlieren; und daß ich bald, wenn ich so weitermachte, den Vorhang über die tragische Farce meines eigenen Lebens fallen lasse könnte.

Es widerstrebte mir nicht besonders, mich zu Tode zu trinken. Ich war durchaus darauf vorbereitet, vorsätzlich und fröhlich in die Hölle zu marschieren.

Aber dann passierte eben eins dieser Dinge. Am Tag, als Bill Seabrocks Buch *Asyl* erschien, schenkten mir dreizehn Freunde dreizehn Exemplare. Das war ein sanfter Wink, den ich nicht übersehen konnte. Ich las das Buch und entdeckte dabei die relativen Wohltaten einer Entziehungskur in einem Sanatorium. In einem Moment impulsiver Entschlossenheit machte ich die große Geste. Ich befreite den Broadway von einem lästigen Trunkenbold und überließ mich auf Gedeih und Verderb der behutsamen Behandlung im wohlbekannten und sehr diskret benannten Sanatorium von Dr. Lenz.

Eigentlich war es gar kein richtiges Sanatorium. Es war nur ein teures Irrenhaus für Leute wie mich, die jegliche Kontrolle über sich verloren hatten.

Dr. Lenz war ein moderner Psychiater, der sein Fach verstand. Nach einer kurzen Periode der Entwöhnung mußte ich drei Wochen ohne einen Tropfen Schnaps verbringen. Ich durchlebte eine Hölle und bereitete sie auch den armen Teufeln, die sich um mich kümmern mußten. Hydro-Therapie, physische Schocks und Sonnenstrahlen-Behandlungen; dazwischen erfolglose Versuche, den männlichen Wärtern einen Kinnhaken zu verpassen oder hübsche Pflegerinnen gelegentlich zu befummeln. Ich war einer der unangenehmsten Säufertypen, aber ich machte Fortschritte. Jedenfalls hatte mir das heute nachmittag Miß Brush, die schöne Tagschwester, gesagt. Deshalb dürfte man wohl auch die Verabreichung von Betäubungsmitteln bei mir abgesetzt haben.

Ich brauchte jetzt weiter nichts mehr als den festen Willen, durchzuhalten. Das hatte sie gesagt.

Noch lange, nachdem Dr. Moreno gegangen war, lag ich zitternd und ängstlich-nervös im Bett, während ich überlegte, daß es wohl noch eine ganze Weile dauern dürfte, bis ich überhaupt wieder so etwas wie einen eigenen Willen haben würde.

Ich weiß nicht, ob alle Alkoholiker die gleichen Symptome durchmachen, aber ohne Anregungs- oder Beruhigungsmittel hatte ich ganz einfach Angst. Nicht vor rosaroten Ratten oder purpurnen Elefanten. Es war diese erschreckende Furcht davor, im Dunkeln allein gelassen zu werden.

Ich hätte mir selbst sagen müssen, daß es nichts Greifbares gab, wovor ich hätte Angst haben müssen. Ich kannte doch all die Verrückten um mich herum. Sie waren absolut harmlos und wahrscheinlich weniger gefährlich als ich. Mein Raum – oder die Zelle oder wie immer man es nennen will – war recht gemütlich, und die Tür stand offen. Mrs. Fogarty, die Nachtschwester, hielt sich in ihrem kleinen Alkoven am Ende des Ganges auf. Ich brauchte sie nur anzurufen, und sie würde wie eine pferdegesichtige Florence Nightingale hereingerauscht kommen.

Aber irgendwie konnte ich den Hörer nicht abheben. Ich schämte mich, ihr zu sagen, daß ich Angst hatte. Und ich wollte ihr auch nicht sagen, daß die Erinnerung daran, wie Magdalene beinahe vor meinen Augen zu Tode verbrannt war, ständig wie das wiederkehrende Thema eines Alptraumes durch mein Gehirn blitzte.

Ich drehte mich im schmalen Bett um und wandte mein Gesicht der tröstenden Dunkelheit der Innenwand zu. Ich hätte wer weiß was für eine Zigarette gegeben, aber das Rauchen im Bett war nicht erlaubt. Es war sehr still. In manchen Nächten murmelte der alte Laribee im Zimmer nebenan die Börsenkurse des vergangenen Jahres im Schlaf vor sich hin. Aber im Moment war auch davon nichts zu hören.

Ruhig, einsam, kein Laut. Und dann hörte ich die Stimme. Sehr schwach, aber sehr deutlich.

»Du mußt fort, Peter Duluth«, sagte sie. »Du mußt jetzt fort.«

Ich lag vollkommen regungslos da, gefangen in einer Stille der Panik, die viel schlimmer war als nur physische Furcht. Die Stimme schien vom Fenster her zu kommen. Aber an solche Dinge konnte ich im Moment nicht denken. Ich wußte nur, daß die Stimme, die ich eben so deutlich gehört hatte, meine eigene war. Ich lauschte, und dann hörte ich sie wieder. Meine eigene Stimme flüsterte: »Du mußt fort, Peter Duluth. Du mußt jetzt fort.«

Für einen Moment wußte ich, daß ich wirklich verrückt geworden war. Ich sprach mit mir selbst, und doch konnte ich nicht spüren, daß ich die Lippen bewegte. Ich hatte nicht das Gefühl, überhaupt zu sprechen. Mit einer verzweifelten Bewegung hob ich plötzlich eine zitternde Hand an den Mund und preßte sie fest auf meine Lippen. So müßte ich doch wenigstens diesen stillen, schrecklichen Laut zum Verstummen bringen können.

Und dann kam die Stimme – meine Stimme – wieder.

»Du mußt fort, Peter Duluth.«

Stille. Und dann flüsterte die Stimme ganz leise: »Es wird Mord geben.«

Ich erinnere mich kaum noch, was dann geschah. Nur noch ganz vage haftet in meinem Gedächtnis, wie ich aus dem Bett sprang und blindlings über den langen, hellerleuchteten Korridor rannte.

Schließlich fand ich die unzerbrechliche Glastür, die von der Männerstation zu irgendwelchen außerhalb gelegenen Unterkünften führte. Ich riß sie auf und hetzte weiter; barfuß und nur mit einem Pyjama bekleidet. Ich wurde nur von dem Gedanken beherrscht, aus meinem Zimmer fortzukommen und das Echo dieser Stimme aus meinen Ohren zu schütteln.

Ich befand mich an einem Ort, wo ich noch nie gewesen war, als ich Schritte hinter mir hörte. Ich sah zurück und entdeckte Warren, unseren Nachtwärter, der hinter mir her war. Sein Anblick allein schien zu genügen, um meinen Verstand zu klären und mir zu einer Art verzweifelter Verschlagenheit zu verhelfen. Bevor er mich einholen konnte, drehte ich mich um und rannte eine Treppe hinauf.

Ich erreichte das obere Podest, ich lief auf eine Tür zu, riß sie auf und warf sie hinter mir wieder ins Schloß. Ich hatte keine Ahnung, wo ich war, aber ich empfand ein verrücktes Gefühl des Triumphes. Ich bückte mich und fummelte nach dem Schlüssel. Ich könnte diese Tür abschließen und Warren aussperren. Niemand würde imstande sein, mich in mein Zimmer zurückzubringen.

Aber während meine Finger noch fruchtlos über das Holz tasteten, wurde die Tür aufgestoßen. Im nächsten Augenblick befand ich mich in einem stahlharten Griff. Es war dunkel, und ich konnte Warren nicht sehen. Aber ich wehrte mich verbissen, kratzte und verwünschte ihn. Aber genausogut hätte ich mich gegen eine Dampframme wehren können. Warren war schlank, aber zäh. Er klemmte sich einfach meinen Kopf unter einen Arm und wehrte mit der anderen Hand meine Schläge ab.

Wir befanden uns immer noch in diesem Clinch, als plötzlich grelles Licht durch die Tür fiel. Ich hörte eine kühle Frauenstimme sagen: »Ist schon gut, Warren. Gehen Sie nicht zu rauh mit ihm um.«

»Aber er ist durchgedreht, Miß Brush.« Warren verstärkte noch den Druck seines Armes um meinen Kopf.

»Das kommt schon wieder in Ordnung. Überlassen Sie das nur mir.«

Ich spürte, wie ich langsam losgelassen wurde. Blinzelnd sah ich mich im Raum um. Neben dem Bett brannte eine abgeschirmte Lampe, und Isabel Brush, unsere Tagschwester, kam ruhig auf mich zu. Sie trug einen weißseidenen Pyjama.

Als ich sie sah, ließ meine Angst rasch nach. In diesem Pyjama, mit diesen langen blonden Haaren, sah sie aus wie ein Engel.

»Sie wollten mir also einen Besuch abstatten, Mr. Duluth«, sagte sie und lächelte mich freundlich an. »Das sollten Sie aber wirklich nicht, wissen Sie. Das ist gegen die Vorschriften.«

Ich wußte, daß sie mich nur beruhigen wollte, weil ich ein Verrückter war, aber das machte mir nichts aus. Ich wollte beruhigt, ich wollte bemuttert werden.

Ich ließ den Kopf hängen und sagte: »Ich mußte fort, Miß Brush. Ich konnte nicht in diesem Zimmer bleiben – nicht, wenn meine eigene Stimme über Mord sprach.«

Miß Brush sah mich aus ihren tiefblauen Augen ruhig an.

»Wollen Sie mir nicht erzählen, was passiert ist?«

Warren stand immer noch an der Tür und beobachtete mich mißtrauisch. Aber Miß Brush nickte ihm nur kurz zu und setzte sich an ihren Frisiertisch. Bevor ich noch recht wußte, was ich tat, kniete ich an ihrer Seite auf dem Fußboden und legte meinen Kopf in ihren Schoß, wie ein Fünfjähriger und nicht wie ein Mann von dreißig. Ich sprudelte alles heraus, und sie machte ein paar beruhigende, sachliche Bemerkungen dazu und streichelte mein Haar mit Fingern, die mich leicht mit einem Jiu-Jitsu-Griff hätten zur Räson bringen können, falls ich jetzt etwa aus der Rolle gefallen wäre.

Allmählich empfand ich ein köstliches Gefühl der Wärme, des Trostes. Von Dr. Morenos Anwesenheit merkte ich erst etwas, als er kurz und schroff sagte: »Also, Miß Brush!«

Die Finger kamen auf meinem Haar zur Ruhe. Ich sah auf und erblickte Moreno im Pyjama und Mantel. Er war einmal eine Weile beim Theater gewesen, und er sah immer noch aus wie ein stattlicher Bühnen-Doktor, aber im Moment kam er mir eher vor wie ein Bühnen-Schurke. Seine schwarzen, spanischen Augen funkelten und verrieten eine Emotion, die ich in meinem konfusen Zustand nicht zu interpretieren vermochte.

»Also wirklich, Miß Brush, das ist vollkommen unnötig und außerdem sehr schlechte Psychiatrie.«

Miß Brush lächelte streng. »Mr. Duluth hat Angst gehabt.«

»Angst?« Moreno kam quer durchs Zimmer und zog mich auf die Beine. »Mr. Duluth sollte wirklich ein bißchen mehr Verstand haben. Mit ihm ist doch gar nichts mehr verkehrt. Wir haben doch weiß Gott genug Ärger mit den wirklich Kranken, so daß wir auf solche theatralische Szenen durchaus verzichten können.«

Ich wußte genau, was jetzt in seinem Kopf vorging. Er

hielt mich für einen Simulanten, der auf diese Weise nur versuchen wollte, doch noch ein Schlafmittel zu bekommen. Er hatte sowieso etwas dagegen, daß Dr. Lenz Alkoholiker aufnahm. Das wußte ich. Er betrachtete uns als lästiges Ärgernis und hielt jede psychiatrische Behandlung für eine Verschwendung. Ich schämte mich plötzlich. Höchstwahrscheinlich hatte ich ihn aus wohlverdientem Schlaf geweckt.

»Kommen Sie jetzt, Mr. Duluth«, sagte er sehr scharf. »Warren wird Sie auf Ihr Zimmer zurückbringen. Ich kann mir gar nicht vorstellen, wie Sie dort überhaupt herausgekommen sind.«

Als er erwähnte, daß ich dorthin zurück sollte, war meine Panik sofort wieder da. Ich begann mich zu wehren, wurde aber von Warren mit energischem Griff am Handgelenk gepackt. Moreno wurde von Miß Brush beiseite genommen. Sie sagte etwas zu ihm, das ich nicht verstehen konnte. Sofort wechselte der Ausdruck in seinen Augen. Er kam zu mir herüber und sagte ruhig: »Ich werde Sie sofort zu Dr. Lenz bringen müssen, Mr. Duluth.«

Ich sah Miß Brush zweifelnd an, aber sie sagte mit entwaffnender, überredender Freundlichkeit: »Natürlich möchten Sie gern mit Dr. Lenz sprechen, nicht wahr?«

Sie nahm eine Decke von ihrem Bett und hängte sie um meine Schultern. Dann fand sie auch noch ein Paar Pantoffeln, die sogar groß genug waren für meine Füße.

Bevor ich Zeit hatte, mir eine eigene Meinung zu bilden, wurde ich bereits ohne viel Federlesens auf den Korridor bugsiert.

Auf der großen Uhr auf dem Kaminsims sah ich, daß es ein Uhr dreißig war, als Moreno und Warren mich ins Arbeitszimmer des Direktors brachten.

In seinem Sanatorium war Dr. Lenz wie ein Gott. Man bekam ihn kaum zu Gesicht, und wenn ja, dann stets in einer Wolke von Pomp. Dies war mein erster informeller Besuch, aber ich war immer noch stark beeindruckt. An diesem großen Mann mit den ruhigen, grauen Augen und mit dem arroganten Bart gab es wirklich etwas unzerstörbar Göttliches.

Als quasi-gefeierter Produzent hatte ich die meisten zeitgenössischen Persönlichkeiten kennengelernt. Doktor Lenz war eine der wenigen, die bei näherer Betrachtung noch gewannen. Er wirkte zurückhaltend, aber ungemein vital. Er hatte genug Elektrizität in sich, um damit die New Yorker U-Bahn zu betreiben.

Sehr ernst hörte er zu, wie Dr. Moreno mein ungebührliches Verhalten beschrieb, doch dann tat er es mit kurzem Kopfnicken ab und entließ ihn. Als wir allein waren, beobachtete er mich einen Moment sehr aufmerksam.

»Nun, Mr. Duluth«, sagte er mit seinem kaum wahrnehmbaren fremdländischen Akzent. »Haben Sie das Gefühl, bei uns Fortschritte zu machen?«

Er behandelte mich wie ein menschliches Wesen, und ich begann mich wieder ziemlich normal zu fühlen. Ich sagte ihm, daß meine depressiven Anfälle nicht mehr so oft eintraten und daß ich mich – zumindest physisch – tatsächlich besser fühlte.

»Aber ich bekomme immer noch Angst im Dunkeln. Heute nacht zum Beispiel habe ich mich benommen wie ein Kind. Und ich kann nichts dagegen tun.«

»Sie haben eine sehr schwierige Zeit hinter sich, Mr. Duluth, aber es besteht kein Anlaß zur Besorgnis.«

»Aber ich schwöre Ihnen, daß ich meine eigene Stimme gehört habe, genauso klar und deutlich wie jetzt Ihre Stimme. Und das ist doch ziemlich eigenartig, oder?«

»Wenn Sie glaubten, etwas gehört zu haben«, sagte Dr. Lenz in plötzlich gänzlich verändertem Tonfall, »dann hat es wahrscheinlich auch etwas zu hören gegeben. Sie müssen mir schon glauben, daß Sie sich so etwas nicht einbilden würden.«

Ich war augenblicklich auf der Hut, weil ich das Gefühl hatte, daß auch er mich jetzt – wie alle anderen – nur besänftigen wollte. Und doch, ganz sicher war ich nicht.

»Sie meinen, da hätte wirklich etwas gewesen sein können?« fragte ich zweifelnd.

»Ja.«

»Aber ich sage Ihnen doch, daß ich ganz allein war. Und es war meine Stimme, meine eigene Stimme.«

Doktor Lenz sagte einen Moment gar nichts. Ein schwaches Lächeln huschte um seinen bärtigen Mund, während er mit den langen, kräftigen Fingern auf die Schreibtischplatte klopfte.

»Ihr Fall bereitet mir keine Sorgen, Mr. Duluth«, sagte er schließlich nachdenklich. »Chronische Alkoholiker sind wie Poeten. Sie werden geboren, aber nicht gemacht. Und üblicherweise sind sie Psychopathen. Sie dagegen haben doch nur mit dem Trinken angefangen, weil Ihnen plötzlich der Inhalt Ihres Lebens genommen wurde. Ihre Frau und Ihre Theaterkarriere waren in Ihrem Geist fest miteinander verbunden. Mit dem tragischen Tod von Mrs. Duluth starb auch Ihr Interesse am Theater. Aber es wird wiederkommen. Es ist nur eine Frage der Zeit, möglicherweise nur noch von wenigen Tagen.«

Ich wußte nicht, worauf er hinaus wollte, aber er fügte plötzlich hinzu: »Über dem Ernst Ihres eigenen Problems haben Sie ganz vergessen, daß auch andere Leute Probleme haben. Sie haben den Kontakt mit dem Leben verloren.« Er machte eine kleine Pause. »Im Moment habe auch ich zufällig ein Problem, und ich möchte gern, daß Sie mir helfen. Vielleicht können Sie dadurch, daß Sie mir helfen, auch sich selbst helfen.«

Es war seltsam tröstend, nicht wie eine Krankengeschichte in einem Buch über Psychologie behandelt zu werden. Ich zog Miß Brushs Decke etwas fester um meine Schultern und gab durch ein Nicken zu verstehen, daß er fortfahren sollte.

»Sie wollen heute nacht Ihre eigene Stimme gehört haben«, sagte er ruhig. »Es ist möglich, daß Ihr Zustand für Ihre Annahme, es hätte sich um Ihre eigene Stimme gehandelt, verantwortlich ist. Aber ich bezweifle nicht, daß etwas Definitives und Tatsächliches hinter Ihrem Erlebnis gesteckt hat. Sehen Sie, es ist nicht das erstemal, daß mir derartig beunruhigende Dinge gemeldet werden.«

»Sie meinen...?«

Dr. Lenz sah sehr ernst drein. »Wie Sie ja wissen, Mr. Duluth, ist dieses Sanatorium nicht für unheilbare Geisteskranke bestimmt. Jeder, der hierherkommt, leidet unter irgendeinem nervösen Zustand. Viele von ihnen bewegen sich gerade noch so an der äußersten Grenze; sie schweben wirklich in Gefahr, ihren Verstand endgültig und für immer zu verlieren. Aber ich übernehme nicht die Verantwortung für hoffnungslose Fälle, also für Patienten, bei denen keinerlei Aussicht auf Heilung mehr besteht. Wenn sich ein solcher Fall hier entwickelt, raten wir den Angehörigen, den Patienten in eine andere Anstalt zu überführen. Aus mehreren kleinen Zwischenfällen, in ihrer Art unerklärlich, möchte ich schließen, daß sich im Moment jemand in diesem Sanatorium befindet, der eigentlich nicht hierher gehört.«

Er schob mir eine Zigarettendose zu, und ich nahm eifrig eine Zigarette.

»Sie würden überrascht sein, wie ungemein schwierig es ist, den Finger auf die Ursache der Unruhe zu legen, Mr. Duluth. Aus Krankenberichten, aus physischen Untersuchungen, ja nicht einmal aus der strengsten Überwachung lassen sich definitive Schlußfolgerungen ziehen, in welchem Grade eine Person wirklich geisteskrank ist.«

»Und doch glauben Sie, daß einer der Patienten aus irgendeinem verrückten Grunde absichtlich diesen Ärger bereitet?«

»Es ist möglich, ja. Und der Schaden, den eine solche Person anrichten kann, ist unberechenbar. Bei dem Typ von Patienten, die wir haben, könnte schon der geringste Schock genügen, um einen monatelangen Fortschritt wieder zunichte zu machen oder eine weitere Besserung zu verhindern. Als Theaterproduzent sind Sie doch sicher mit höchst nervösen, reizbaren, temperamentvollen Leuten in Berührung gekommen und wissen deshalb, wie sie schon durch Geringfügigkeiten aus der Fassung gebracht werden können.«

Er hatte mein Interesse geweckt. Ich vergaß, daß ich selbst ein Patient war, dessen Geist halb gestört war, und stellte einige neugierige Fragen. Doktor Lenz beantwortete sie mit überraschender Offenheit. Er gab ehrlich zu, keine Möglichkeit zu haben, den Grund der Unruhe auf einen bestimmten Ort oder auf eine bestimmte Person zu lokalisieren.

»Meine Verantwortung ist sehr groß«, sagte er lächelnd. »Natürlich ist mir als Mensch und Psychiater alles daran gelegen, daß meine Patienten gute Fortschritte machen. Aber es gibt auch andere Komplikationen. Nehmen Sie zum Beispiel den Fall von Herrn Stroubel. Er gehört zweifellos zu den größten Dirigenten unseres Zeitalters. Die gesamte Musikwelt wartet auf die Wiederherstellung seiner Gesundheit. Das Direktorium des Eastern Symphony Orchestra hat uns eine Spende von zehntausend Dollar für dieses Institut angeboten. Sie soll uns an dem Tage übergeben werden, an dem Herr Stroubel unser Sanatorium als gesunder Mann verläßt. Bisher hat er glänzende Fortschritte gezeigt, aber in letzter Zeit ganz entschieden einen ernsten Rückfall erlitten.«

Dr. Lenz nannte mir keine Details, aber ich vermutete, daß der berühmte Dirigent genauso in Angst und Schrekken versetzt worden war, wie es bei mir heute nacht geschehen war.

»Da ist noch ein anderer Fall«, fuhr Lenz fort. »Er ist noch delikater. Sie wissen ja, daß Mr. Laribee ein immens reicher Mann ist. Er hat mehrmals riesige Vermögen an der Börse gewonnen und verloren.« Er strich mit einer Hand über seinen Bart. »Mr. Laribee hat seine Tochter und mich zu Treuhändern seines Besitzes ernannt. Nach der derzeitigen Regelung wird das Sanatorium viel Geld erhalten, falls Mr. Laribee sterben sollte – oder von uns für unheilbar geistesgestört erklärt werden könnte.«

»Und Sie meinen, daß auch er beunruhigt wurde?«

»Nein. Noch nicht.« Die grauen Augen starrten mich durchdringend an. »Aber Sie können sich vorstellen, wie beunruhigt ich bin, daß dieser... äh... Einfluß sich auf ihn erstrecken könnte. Im Moment geht es ihm recht gut. Falls er jedoch einen Schock erleiden sollte, solange er sich in meiner Obhut befindet, können Sie sich ja vorstellen, was die Leute dann denken werden. Es wäre ein Skandal.«

Ein paar Minuten lang sprach keiner von uns etwas. Ich wunderte mich, warum Dr. Lenz sich ausgerechnet mir, einem nur halb geheilten Alkoholiker, anvertraut hatte. Ich fragte ihn rundheraus nach dem Grund.

»Ich habe Ihnen das alles erzählt, Mr. Duluth, weil ich

möchte, daß Sie mir helfen sollen«, antwortete er sehr ernst. »Natürlich habe ich volles Vertrauen zu meinem Personal, aber in diesem besonderen Falle kann es keine große Hilfe sein. Leute, die geistig krank sind, verhalten sich oft sehr reserviert. Sie sprechen nicht gern mit dem Pflegepersonal über Dinge, die sie beunruhigen; vor allem dann nicht, wenn sie glauben, daß diese Dinge eine Folge ihrer Krankheit sind. Aber Patienten, die nicht mit ihrem Arzt über solche Dinge sprechen wollen, könnten vielleicht mit Ihnen als Ihrem Leidensgenossen darüber sprechen.«

Es war schon sehr lange her, seit jemand mich mit seinem Vertrauen beehrt hatte. Das sagte ich ihm auch, und er lächelte flüchtig.

»Ich habe absichtlich gerade Sie um Hilfe gebeten«, sagte er, »weil Sie der einzige der wenigen Patienten hier sind, dessen Geist im Grunde genommen vollkommen gesund ist. Wie bereits erwähnt, ich glaube, daß Sie nur wieder Interesse am Leben finden müssen. Und da habe ich eben gedacht, daß mein Vorschlag Ihnen helfen könnte, dieses Interesse wiederzufinden.«

Ich sagte einen Moment nichts dazu. Dann fragte ich: »Aber diese Stimme, die ich gehört und als meine eigene identifiziert habe, hat von Mord gesprochen. Wollen Sie das nicht ernst nehmen?«

»Sie scheinen mich mißverstanden zu haben, Mr. Duluth.« Dr. Lenz' Stimme klang eine Nuance kühler. »Ich nehme alles sehr ernst. Aber dies ist ein Nervensanatorium. In einer solchen Anstalt kann man nicht immer alles, was gehört oder gesehen wird, allzu wörtlich nehmen.«

Ich verstand seinen Standpunkt nicht so recht, aber er ließ mir keine Zeit für Fragen. Die nächsten Minuten verbrachte er damit, mir zu helfen, mich wieder so richtig wohl zu fühlen, wie es eben nur ein außergewöhnlich guter Psychiater kann. Dann läutete er nach Warren, um mich in mein Zimmer zurückbringen zu lassen.

Während ich auf den Nachtwärter wartete, blickte ich zufällig einmal nach unten auf die Pantoffeln, die Miß Brush mir gegeben hatte. An sich war nichts Ungewöhnliches daran, außer daß sie recht groß waren und zweifellos einem Mann gehörten.

Ich wußte, daß Miß Brush eine ungewöhnlich tüchtige junge Frau war, aber es kam mir doch wie übertriebene Tüchtigkeit vor, daß sie in ihrem Schlafzimmer sogar Männerpantoffeln hatte, nur weil vielleicht zufällig mal irgendein neurotischer Patient barfuß zu ihr ins Zimmer kommen könnte.

Vielleicht hätte ich versucht, dieses Rätsel zu lösen, wenn Dr. Lenz nicht gesagt hätte: »Machen Sie sich keine Sorgen, Mr. Duluth. Aber denken Sie daran, falls Sie etwas Ungewöhnliches sehen oder hören sollten, so hat es eine sehr reale Grundlage. Lassen Sie sich durch nichts oder niemanden davon überzeugen, unter einer Wahnvorstellung zu leiden. Gute Nacht.«

Ich hatte jetzt nichts mehr dagegen einzuwenden, wieder mit Warren zurückzugehen. Im Flügel Zwei, wie die Männer-Unterkunft offiziell genannt wurde, übergab er mich der Nachtschwester, Mrs. Fogarty, die zugleich auch seine Schwester war.

Abgesehen von der himmlischen Miß Brush war das Personal im Flügel Zwei gewissermaßen ein Familienunternehmen und – dem Vernehmen nach – nicht gerade ein besonders glückliches. Wir Patienten verbrachten viele Stunden damit, Betrachtungen über die komplizierten Beziehungen anzustellen, die einem Dostojewski zur Ehre gereicht hätten.

Die eckige Mrs. Fogarty war die Ehefrau von Jo Fogarty, unserem Tageswärter. Ob durch Zufall oder Absicht, ihre Arbeitsschichten gaben ihnen praktisch keine Zeit, bei Tage oder Nacht zusammenzusein. Ihre Vereinigung – falls es überhaupt eine solche geben sollte – war also offensichtlich nur geistiger Art. Als litte Mrs. Fogarty an einem Altjungfern-Komplex, zwang sie ihre grimmige Zärtlichkeit meistens ihrem Bruder auf. Übrigens war sie genauso unansehnlich, wie Miß Brush hübsch war. Vielleicht war sie der Meinung, daß wir geisteskranken Patienten bei Tage Stimulierung, bei Nacht aber Beruhigung brauchten.

Mrs. Fogarty empfing mich mit einem besorgten Lächeln. Da sie ein bißchen schwerhörig war, hatte sie sich angewöhnt, niemals etwas zu sagen, wenn ihrer Ansicht nach eine Geste oder ein Gesichtsausdruck genügten, um verständlich zu machen, was sie wollte. So faßte ich ihr kurzes Nicken als Aufforderung auf, wieder in mein Zimmer zu gehen.

Als wir gerade an meiner Tür angekommen waren, hörte ich in Mr. Laribees Zimmer ein raschelndes Geräusch. Im nächsten Moment kam er auf den Korridor gestürzt, die Jacke seines grauen Wollpyjamas nicht einmal zugeknöpft. Sein blühendes Gesicht war vor Angst verzerrt, und seine Augen zeigten diesen hoffnungslosen Ausdruck, den ich während meines Aufenthalts in diesem Sanatorium nur schon allzu gut kennengelernt hatte. Wie benommen kam er auf uns zu und umklammerte mit zitternden Fingern Mrs. Fogartys derbknochige Hand.

»Sagen Sie ihnen, sie sollen aufhören«, stöhnte er. »Ich habe versucht, nicht nachzugeben. Ich habe versucht, ganz still zu sein. Aber sie müssen aufhören.«

Mrs. Fogartys Pferdegesicht strahlte professionellen Trost aus, und dann – als hielte sie angesichts dieser Situation doch einmal ein paar Worte für angebracht – sagte sie ganz mechanisch: »Ist ja schon gut, Mr. Laribee. Niemand will Ihnen etwas antun.«

»Aber sie müssen aufhören.« Er war ein großer, schwerer Mann, und es wirkte irgendwie schockierend, mitansehen zu müssen, wie ihm die Tränen über die Wangen kullerten wie einem kleinen Kind. »Sagen Sie ihnen, sie sollen den Börsentelegraf anhalten. Die Kurse sind ja weit hinter dem Markt zurück. Die Aktien fallen ja ins Uferlose. Sehen Sie denn nicht? Ich bin ruiniert. Alles futsch. Der Ticker, halten Sie den Ticker an!«

Die Nachtschwester packte ihn energisch am Arm und brachte ihn in sein Zimmer zurück. Ich konnte durch die Wand hören, wie er hysterisch rief: »Sofort aufhören, meine Aktien mit Verlust zu verkaufen. Alles futsch... Zusammenbruch... Ruin...«

Mrs. Fogarty antwortete beruhigend: »Unsinn, Mr. Laribee. Die Kurse steigen. So, und nun schlafen Sie schön weiter. Sie können ja morgen früh alles in den Zeitungen lesen.« Endlich hatte sie ihn beruhigt, und ich hörte sie an meiner Tür vorbeischlurfen.

Was für ein Job, dachte ich. Sich Nacht für Nacht um uns Verrückte kümmern zu müssen.

Nachdem ihre Schritte erklungen waren, dachte ich in der Stille meines Zimmers über den alten Laribee nach. Viel Sympathie empfand ich nicht für ihn oder für irgendeine andere dieser Wall-Street-Hyänen, die 1929 ihr eigenes Vermögen und zufällig auch einen beträchtlichen Teil meines Geldes weggezaubert hatten. Aber ein bißchen Mitleid hatte ich doch mit diesem Mann, der immer noch zwei Millionen besaß und verrückt geworden war, weil er glaubte, pleite zu sein.

Ich erinnerte mich aber auch daran, wie Dr. Lenz gesagt hatte, daß Laribee auf dem Weg der Besserung sein sollte.

Mir fielen auch wieder ein paar Worte ein, die Miß Brush und Dr. Moreno am Vormittag miteinander gewechselt hatten. Dabei war die Rede von Laribee gewesen und welche Fortschritte er inzwischen gemacht hatte. »Jetzt hat er schon seit Wochen diesen Ticker nicht mehr gehört«, hatte Miß Brush gesagt.

Seit Wochen hatte er diesen Ticker nicht mehr gehört! Warum also dieser plötzliche Rückfall? Hatte es vielleicht auch etwas mit diesem – wie Lenz es genannt hatte – subversiven Einfluß zu tun?

Dann erlitt ich zum zweitenmal in dieser Nacht einen großen Schock. Doch diesmal betraf er nicht mich selbst, so daß ich nicht wie ein verängstigtes Kind aus dem Zimmer stürzte. Es war vielmehr ein Schock, der mich ungemein reizte.

Hastig richtete ich mich im Bett auf. Ja, es bestand gar kein Zweifel. Zu leise und gedämpft, um von der schwerhörigen Mrs. Fogarty gehört zu werden, aber doch ganz deutlich konnte ich das schnelle, rhythmische Ticken hören... schneller als das Ticken einer Uhr.

Tick, tack... tick, tack!

Es kam aus Laribees Zimmer durch die Wand, von irgendwoher.

Tick, tack... tick, tack!

Entweder ich teilte von jetzt an Laribees Wahnvorstellung – oder aber es tickte wirklich etwas in seinem Zimmer. Dann bedeutete dieses Ticken etwas ganz anderes als die Laute, die der alte Laribee in seinem gestörten Gehirn wahrzunehmen glaubte.

Tick, tack... tick, tack!

Am nächsten Morgen fühlte ich mich trotz der hektischen Nacht recht wohl. Jo Fogarty, ehemaliger Ringer-Champion und jetzt problematischer Ehemann der Nachtschwester, weckte mich zur üblichen unchristlichen Zeit von sieben Uhr dreißig.

Als ich aus dem Bett stolperte und meine Pantoffeln anzog, stellte ich fest, daß die anderen Pantoffeln, die Miß Brush mir heute nacht geliehen hatte, verschwunden waren. Die Tagschwester schien also offensichtlich auch eine Frühaufsteherin zu sein.

Vor dem Frühstück mußten wir uns der üblichen Behandlung unterziehen, die meistens in Physiotherapie und Massage bestand.

Während ich nackt auf der kalten Tischplatte lag und mit den Beinen strampelte, machte sich Fogarty über meine Erlebnisse der vergangenen Nacht lustig.

»Einfach in Miß Brushs Schlafzimmer laufen!« meinte er grinsend. »Wenn Sie nicht höllisch aufpassen, werden Sie den alten Laribee auf den Hals bekommen.«

»Laribee?«

»Na, klar! Der alte Knabe ist doch ganz verrückt nach ihr. Zwanzigmal am Tag fragt er sie, ob sie ihn nicht heiraten will. Ich dachte, das wüßten alle.«

Ich hielt es zunächst für Spaß, doch dann sah ich, daß er es durchaus ernst meinte. Nun ja, so besonders fantastisch war es auch nicht. Laribee war im allgemeinen vollkommen normal. Letzte Nacht hatte ich zum erstenmal erlebt, daß auch er verrückt spielen konnte. Er war Witwer, besaß zwei Millionen und hatte alle Chancen, geistig wieder vollkommen gesund zu werden. Und wenn er auch schon in den verrückten Sechzigern war, so war er doch noch immer jung und vernünftig genug, um beurteilen zu können, ob ein Mädchen hübsch und attraktiv war oder nicht. Ich hätte ganz gern gehört, wie Miß Brush auf diese Heiratsanträge reagierte, aber Fogarty hatte sich bereits für ein anderes Thema entschieden.

»Wissen Sie, es ist ganz nett, wenn man sich ab und zu

mal um 'nen Alkoholiker kümmern kann«, sagte er. »Um jemanden, der nicht vollkommen plem-plem ist. Sind eben doch noch 'n bißchen mehr Mensch, wenn Sie verstehen, was ich damit sagen will.« Er versetzte mir einen abschließenden Klaps und fragte: »Na, wie fühlen wir uns denn jetzt?«

»Prima«, sagte ich, und zum erstenmal verspürte ich in diesem Sanatorium Appetit auf ein herzhaftes Frühstück.

Und das aß ich dann auch. Miß Brush, die als eine Art hygienische Hosteß die Aufsicht im Speisesaal führte, bemerkte es sofort und sagte anerkennend: »Das Nachtleben scheint Ihrem Appetit sehr förderlich zu sein, Mr. Duluth.«

»Ja«, sagte ich. »Und ich habe ganz vergessen, mich bei Ihnen für die Decke und für die Pantoffeln zu bedanken.«

Sie lächelte entwaffnend und ging weiter.

Seit meiner Unterhaltung mit Lenz verspürte ich doch tatsächlich wieder so etwas wie Interesse an den Leuten um mich herum. Bisher waren Patienten und Personal für mich nicht viel mehr als düstere Karikaturen auf einer monotonen Leinwand gewesen. Ich war viel zu sehr mit mir selbst beschäftigt gewesen, um ihnen irgendwelche Beachtung zu schenken. Aber nun begann ich damit, mir die Beziehungen zwischen ihnen vorzustellen und ein bißchen über sie nachzudenken. Schließlich wußte ich ja von meinem eigenen Erlebnis her, daß der von Lenz erwähnte ›subversive Einfluß‹ irgendwo hier im Hause lauern mußte. Vielleicht war er greifbar. Vielleicht hielt er sich im Moment sogar in diesem Raum auf.

Im Speisesaal gab es kleine, getrennte Tische für zwei oder vier Personen, um uns glauben zu machen, daß wir uns in irgendeinem Hotel befänden und nicht in der Klapsmühle. Ich aß allein mit Martin Geddes, einem netten, ruhigen Engländer. Bei oberflächlicher Bekanntschaft schien mit ihm alles in Ordnung zu sein, wenn man davon absah, daß er dazu neigte, zuviel über das Empire und Indien zu reden, wo er geboren war.

Er wurde wegen eines Leidens behandelt, das so etwas wie eine Schlafkrankheit zu sein schien. Er war durchaus imstande, von einem Augenblick auf den anderen in tiefen Schlaf zu fallen. An diesem Morgen erschien er nicht zum Frühstück, und so hatte ich mehr Zeit und Gelegenheit, die anderen zu beobachten.

Bei flüchtigem Hinsehen wäre wohl kaum jemand auf den Gedanken gekommen, daß mit irgendeinem von uns etwas nicht in Ordnung sein könnte. Laribee saß ein kleines Stück von mir entfernt. Abgesehen von einem leichten Zucken um seinen Mund, hätte er ein erfolgreicher Wall-Street-Finanzier sein können, der irgendwo sein Frühstück einnahm. Aber ich sah, wie er auch heute wieder das Essen zurückschob und dabei flüsterte: »Hat keinen Zweck. Kann ich mir nicht leisten. Stahl ist unter dreißig gesunken. Muß sparen... sparen.«

Miß Brush beobachtete ihn mit engelhafter Freundlichkeit, die beinahe den besorgten Ausdruck in ihren tiefblauen Augen verbarg. Ich erinnerte mich daran, was Fogarty mir erzählt hatte, und ich überlegte, inwieweit ihre Besorgnis wohl professioneller oder privater Art sein mochte.

Laribee teilte einen Tisch mit einem ungewöhnlich gut aussehenden jungen Mann in höchst eleganter Maßkleidung. Sein Name war David Fenwick, und er glaubte gelegentlich Geisterstimmen zu hören. Manchmal brach er mitten in einem Satz ab und schien auf Phantom-Botschaften zu lauschen, die ihm viel wichtiger zu sein schienen als die Unterhaltung mit seinem Leidensgefährten. Der Spiritismus hatte ihn genauso erfolgreich in den Klauen, wie es die Spirituosen bei mir geschafft hatten.

Es gab noch sechs andere Patienten, von denen ich aber nur zwei kannte. Franz Stroubel saß ganz für sich allein an einem Tisch; ein zerbrechliches, papierdünnes Männchen mit weißer Haarmähne und sanften Rehaugen. Er war seit sechs Monaten in Dr. Lenz' Sanatorium; seit jenem Abend, an dem er nicht das Eastern Symphony Orchestra, sondern die Zuschauer dirigiert hatte. Später hatte er barhäuptig auf dem Times Square gestanden und versucht, den Verkehr zu dirigieren. Der Lebensrhythmus hatte sich in seinem Geist verwirrt.

Während ich ihn beim Frühstück beobachtete, bewegte er ständig seine schönen Hände. Ansonsten deutete nichts darauf hin, daß er einen Rückfall bekommen haben könnte.

Der beliebteste Insasse war zweifellos Billy Trent, ein wirklich netter Junge, der beim Footballspiel ein Ding auf den Kopf bekommen hatte. Es war nur eine sehr oberflächliche Gehirnverletzung. Er bildete sich ein, in einem Drugstore zu bedienen. Mit strahlendem Lächeln und zuvorkommendster Höflichkeit erkundigte er sich bei jedem nach einer Bestellung. Man konnte ihm einfach nicht widerstehen. Man mußte ihn um einen Milch-Shake oder um ein Sandwich bitten. Miß Brush hatte mir gesagt, daß seine Gehirnverletzung bald wieder auskuriert sein würde. Das freute mich für ihn.

Nach dem Frühstück begann ich zu überlegen, warum wohl Geddes heute nicht gekommen sein mochte. Ich wußte, daß er – genau wie ich – nachts seine schlimmste Zeit hatte. Unwillkürlich überlegte ich, ob auch er heute nacht etwas erlebt hatte.

Ich fragte Miß Brush danach, als sie uns ins Rauchzimmer führte, wo wir bei der Lektüre von Magazinen unser Frühstück verdauen sollten. Sie gab mir jedoch keine Antwort. Das tat sie übrigens niemals, wenn man sie nach einem anderen Patienten fragte. Sie riß nur ein Zündholz an, gab mir Feuer für meine Zigarette und sagte, daß im *Harper's* heute ein besonders interessanter Artikel über Theaterregie stünde. Um ihr einen Gefallen zu tun, griff ich nach der Zeitschrift und begann zu lesen.

Geddes sah ziemlich mitgenommen aus, als er schließlich auftauchte. Er kam zu mir herübergeschlendert und setzte sich neben mich auf die Couch. Er war etwa dreißig, stattlich, sehr gepflegt, elegant gekleidet und mit einem Schnurrbart, der seine ganze Zeit zu beanspruchen schien. Er war schon mehrere Jahre in Amerika, aber für ihn schien es bis in alle Ewigkeit nur England oder Anglo-Indien zu geben.

Als er sich von Miß Brush Feuer für seine Zigarette geben ließ, fiel mir auf, wie stark seine Hand zitterte. Da fragte ich ihn unverblümt, ob er eine gute Nacht gehabt hätte. Er schien überrascht zu sein, daß ich von mir aus eine Unterhaltung begann, denn üblicherweise war ich stets nur in düsterer Stimmung gewesen.

»Eine gute Nacht?« wiederholte er. »Also, wenn ich ganz ehrlich sein soll... ich hatte eine miserable Nacht.«

»Mir ist's auch ziemlich übel ergangen«, sagte ich ermunternd. »Vielleicht habe ich Sie gestört?«

»Hat wohl 'n bißchen Krawall gegeben, aber darauf habe ich nicht weiter geachtet.«

Ich hatte den Eindruck, daß er sich darum herumdrükken wollte, etwas zu sagen.

»Muß hier doch ziemlich scheußlich sein für Sie«, versuchte ich es noch einmal. »Schließlich sind Sie ja kein Fall von Nervensalat wie wir. Sie haben doch mehr oder minder nur physischen Ärger.«

»Kann schon sein.« Er sprach ruhig, aber es hörte sich irgendwie stockend an. »Aber Sie sind besser dran als ich. Sie wird man kurieren. Aber keiner der Ärzte scheint etwas von Narkolepsie zu wissen. Ich habe ein paar medizinische Bücher gelesen, und ich verstehe bestimmt genauso viel davon wie irgendeiner von ihnen. Sie sagen, daß man 'ne lockere Schraube im Zentralnervensystem hat. Sie wissen, daß man fünfzehnmal am Tag einschlafen kann, und wenn man obendrein noch Kataplexie hat, dann kann man stocksteif werden wie ein Eisentor. Aber sie können nichts tun, um einen wieder gesund zu machen.«

Er betrachtete seine Hände, als haßte er sie, weil sie so zitterten.

»Ich bin hierhergekommen, weil ich gehört hatte, daß Stevens und Moreno mit einer neuen Droge gute Resultate erzielt hätten. Für eine Weile hatte auch ich Hoffnung, aber mir scheint's nichts zu nutzen.«

»Das muß bitter sein«, murmelte ich.

Geddes biß sich auf die Lippe unter dem Bart und sagte überraschend: »Moreno ist einer von diesen eingebildeten Affen! Es ist schwer, ihm überhaupt was zu sagen, wenn Sie mich verstehen.«

Das bestätigte ich ihm und zeigte – wie ich hoffte – gerade den richtigen Grad von persönlichem Interesse.

»Hören Sie, Duluth«, sagte er plötzlich. »Letzte Nacht ist etwas passiert, und ich muß mit jemandem darüber sprechen, wenn ich nicht den Verstand verlieren soll. Natürlich werden Sie sagen, daß es nur einer von meinen verdammten Alpträumen gewesen sei, aber das war's bestimmt nicht. Ich schwöre Ihnen, daß ich hellwach war.«

Ich nickte nur.

»Ich bin schon sehr früh schlafen gegangen, und dann wurde ich plötzlich wieder wach. Ich wußte nicht, wie spät es war, aber es war alles sehr ruhig. Als ich schon wieder halb eingedöst war, hörte ich es.«

»Hörten Sie etwas?«

Er strich mit einer Hand über die Stirn.

»Ich glaube, ich werde doch verrückt«, sagte er sehr langsam und betont. »Sehen Sie, ich habe meine eigene Stimme ganz klar und deutlich sprechen hören.«

»Du lieber Himmel!« entfuhr es mir, und ich war plötzlich hellwach.

»Jawohl, meine eigene Stimme. Und ich sagte: ›Du mußt hier raus, Martin Geddes! Du mußt jetzt raus! Es wird Mord geben!‹«

Er hatte die Fäuste im Schoß geballt, und als er sich nun zu mir herumdrehte, verriet sein Gesicht maßloses Entsetzen. Sein Mund stand halb offen, als wollte er noch etwas sagen. Er sprach jedoch nicht. Während ich ihn beobachtete, sah ich, wie seine Gesichtsmuskeln erstarrten. Der Mund blieb halb offen. Die Augen standen regungslos. Seine Wangen wirkten seltsam hölzern. Ich hatte ihn schon öfters in Schlaf fallen sehen, aber ich hatte ihn noch nie in dieser kataplektischen Trance erblickt. Es war gar nicht schön.

Ich berührte ihn, und sein Arm war steif und wirkte beinahe nicht mehr menschlich, sondern eher wie ein Sack Zement. Plötzlich kam ich mir ungemein hilflos vor. Erst begannen meine Finger zu zittern, dann pflanzte sich dieses Zittern durch meinen gesamten Körper fort. Das brachte mir zum Bewußtsein, was ich doch noch immer für ein Wrack war.

Irgendwie mußte Miß Brush auf die Situation aufmerksam geworden sein, denn sie nickte Fogarty, der ständig auf dem Posten war, kurz zu. Der Wärter kam sofort herüber und nahm Geddes auf die Arme. Kein Muskel im Körper des Engländers bewegte sich. Es war schon erstaunlich, mitansehen zu können, wie ein Mann in sitzender Position einfach davongetragen wurde. Sein dunkler Teint und die weit offenen Augen verliehen ihm das Aussehen eines indischen Fakirs, der eine Demonstration in Levitation geben wollte.

Ich hatte mich wieder mit meinem Magazin beschäftigt, um meine Nerven zu beruhigen, als David Fenwick herankam. Ich sah sofort diesen verlorenen, geisterhaften Ausdruck in den großen Rehaugen.

»Mr. Duluth«, flüsterte er, »ich bin stark beunruhigt. Die Astral-Ebene ist nicht günstig.« Er sah sich verstohlen um, als wollte er sich überzeugen, daß es keine Phantom-Lauscher gab. »Die Geister sind vergangene Nacht umgegangen und hätten mich beinahe erreicht, um mich zu warnen. Ich konnte sie nicht sehen, aber ich konnte ihre Stimmen hören, ganz schwach, wie aus weiter Ferne. Bald werde ich imstande sein, ihre Botschaften zu verstehen.«

Bevor ich Zeit hatte, auch nur eine Frage zu stellen, schwebte er bereits wieder davon und starrte dabei mit diesem Blick wie aus einer anderen Welt vor sich hin.

Laribee, Geddes und ich waren also nicht die einzigen gewesen, die in der vergangenen Nacht gestört worden waren. In gewisser Hinsicht war es fast ein Trost, daß mir diese weiteren Beweise bestätigten, daß ich nicht nur meiner eigenen Einbildungskraft zum Opfer gefallen war. Und doch, es wollte mir ganz und gar nicht gefallen. Imaginäre Stimmen prophezeien nicht ohne Grund Mord, nicht einmal in einem Nervensanatorium.

In Dr. Lenz' Sanatorium herrschte strikte, aber niemals offensichtliche Disziplin. Obwohl alles routinemäßig ablief, hatte man stets den Eindruck der Spontaneität. Um zehn Uhr mußte ich zur täglichen Besprechung zu Dr. Stevens, dessen lächelndes, rosiges Gesicht an einen Cherub erinnerte. Anschließend kam meine tägliche Untersuchung bei Dr. Moreno an die Reihe. Er war erst seit kurzem im Sanatorium. Stevens hatte ihn von einer der modernsten Universitäten in Kalifornien geholt. Miß Brush hatte mir versichert, daß er ein erstklassiger Psychiater sei, und das konnte ich ihr durchaus glauben. Wenn ich diesen aufgeweckten jungen Doktor-Typ auch nicht gerade sonderlich gut leiden konnte, so bewunderte ich doch den Mann. Seine ruhige Sachlichkeit beruhigte nervöse Leute und gab ihnen Vertrauen und Selbstbewußtsein. Heute machte er allerdings einen leicht gereizten Eindruck. Einen Grund dafür konnte ich jedoch nicht herausbekommen.

Anschließend machte Miß Brush mit uns den üblichen Morgenspaziergang. Es war ein kalter Märztag, und auf dem Hof lag eine ziemlich hohe Schneedecke. Also wurden wir von Miß Brush mit mütterlicher Fürsorge hübsch warm eingepackt. Und dann marschierten wir ins Freie, zehn oder elf erwachsene Männer in Zweierreihen wie Schulkinder. Miß Brush führte zwar die Aufsicht, aber Jo Fogarty kam hinter uns her, als ginge er rein zufällig in die gleiche Richtung.

Ich war überrascht und auch froh, als ich Geddes bei uns sah. Er erwähnte seinen Anfall mit keinem Wort. Vielleicht wußte er nicht einmal, daß er überhaupt wieder einen Anfall gehabt hatte.

Wir benahmen uns alle recht manierlich, bis der alte Laribee plötzlich stehenblieb und Miß Brush am Arm packte. Mit heiserer Stimme sagte er: »Wir müssen zurück.«

Bis auf Billy Trent, der mit Schneebällen warf, versammelten wir uns um den alten Mann. Ich sah wieder diesen Ausdruck in seinen Augen, den ich heute nacht schon bei ihm bemerkt hatte.

Jo Fogarty kam nun ebenfalls heran und blieb dicht neben Miß Brush stehen.

»Wir müssen zurück, Miß Brush«, sagte der Alte mit zitternden Lippen. »Ich habe soeben eine Warnung bekommen. Meine Aktien sollen heute schon wieder um zehn Punkte fallen. Wenn ich nicht sofort telefonisch eine Verkaufsorder durchgebe, werde ich ruiniert sein... ruiniert.«

Miß Brush versuchte ihn zu beruhigen, aber es hatte keinen Zweck. Er behauptete steif und fest, die Stimme seines Börsenmaklers soeben gehört zu haben. Er bettelte und stritt mit einer Art verzweifelter Sturheit, als wollte er eher sich als Miß Brush überzeugen, vollkommen normal zu sein.

Miß Brush verriet zwar ein bißchen Mitleid, aber sie sagte sehr energisch, daß man den Spaziergang jetzt nicht abbrechen könnte, selbst dann nicht, wenn ganz Wall-Street zusammenbrechen sollte. Ich glaubte, daß sie doch ein bißchen hart mit ihm umging, aber ihm schien es zu gefallen. Der gequälte, wilde Ausdruck verschwand aus seinem Gesicht und machte hoffnungsvoller Verschlagenheit Platz.

»Miß Brush... Isabel, Sie müssen verstehen...« Er packte wieder mit einer Hand ihren Arm. »Es ist doch nicht nur für mich, sondern für uns. Sie sollen doch alles haben, was es für Geld zu kaufen gibt, alles, was meine Tochter je hatte. Und noch viel mehr.«

Er redete weiter auf sie ein, aber so leise, daß ich nichts mehr verstehen konnte. Billy Trent hatte aufgehört, mit Schneebällen zu werfen. Seine Augen funkelten vor Eifersucht, als er Laribee und Miß Brush beobachtete. Keiner der anderen schien dagegen sonderlich interessiert zu sein.

Miß Brush lächelte wieder, eine winzige Spur zu unprofessionell.

»Natürlich wird alles in Ordnung kommen, Dan. Sie müssen sich nur beeilen, möglichst rasch wieder gesund zu werden. Um die Aktien können wir uns dann ja später immer noch kümmern.«

Laribee war richtig aufgeregt. Er summte sogar leise vor sich hin, als wir unseren Spaziergang fortsetzten. Daß er die Stimme seines Börsenmaklers gehört hatte, schien er bereits wieder vollkommen vergessen zu haben.

Aber ich hatte es nicht vergessen.

Natürlich hatte ich zu diesem Zeitpunkt noch nicht die blasseste Ahnung von den fantastischen und entsetzlichen Dingen, die sich schon bald in Dr. Lenz' Sanatorium abspielen sollten. Ich konnte nicht wissen, wie wichtig diese geringfügigen und auf den ersten Blick hin sinnlosen Zwischenfälle waren. Aber ich hatte den entschiedenen Eindruck, daß irgend etwas nicht stimmte. Ich hatte schon jetzt das Gefühl, daß hinter all dieser Verrücktheit Methode steckte. Aber wessen Methode und wie unheimlich das Motiv dafür war, das war im Moment noch ein Problem, mit dem mein Alkoholikergehirn nicht fertig werden konnte.

Um mich ein bißchen aufzuheitern, begann ich ein Gespräch mit Miß Brush. Dieses Mädchen hatte eine ganz besondere Art an sich, ein paar Worte von ihr in Verbindung mit ihrem berühmten Lächeln, und schon fühlte ich mich wie ein Teufelskerl. Ich schritt dahin, als gehörte mir das ganze Sanatorium samt Park. Meine Männlichkeit war dermaßen beflügelt, daß ich den anderen ein gutes Stück vorauseilte. So kam es, daß ich an einer Wegbiegung beinahe mit einigen Patientinnen zusammenstieß, die auch gerade ihren Morgenspaziergang machten.

Die strengen Vorschriften sorgten dafür, daß wir vom anderen Geschlecht so gut wie nichts zu sehen bekamen, wenn man von der täglichen Stunde geselligen Beisammenseins nach dem Dinner einmal absehen will. Wer sich besonders gut benommen hatte, durfte sich mit den Patientinnen in der großen Zentralhalle treffen, um mit ihnen Bridge zu spielen oder sich auch nur zu unterhalten. Sonntags gab es sogar die Erlaubnis zum Tanzen. Bis heute war ich kein so lieber und braver Junge gewesen, um auch einmal in den Genuß einer solchen Einladung gelangt zu sein. So sah ich die Frauen also zum erstenmal.

Die meisten von ihnen waren recht schick gekleidet, machten aber einen leicht unordentlichen Eindruck. Sie erinnerten an Gäste, die in ziemlich angeheitertem Zustand frühmorgens ein Nachtlokal verlassen.

Die anderen Männer waren inzwischen auch herangekommen, und Miß Brush wollte wohl an unseren ritterlichen Instinkt appellieren, denn sie ging mit gutem Beispiel voran und trat beiseite, um den Frauen den Vortritt zu lassen. Sie gingen ziemlich achtlos an uns vorbei, bis die letzte plötzlich abrupt stehenblieb. Sie war noch sehr jung, trug einen kostbaren Nerzmantel und dazu eine dieser russischen Pelzkappen auf dem schwarzen Haar.

Vielleicht kam es nur daher, daß ich so lange auf weibliche Gesellschaft hatte verzichten müssen – jedenfalls hielt ich sie für das schönste Mädchen, das ich je gesehen hatte. Ihr blasses Gesicht wirkte irgendwie exotisch, wie diese weißen Blumen, die man in Treibhäusern züchtet. Ihre Augen waren groß und unglaublich traurig. Ich hatte noch nie zuvor eine so tragische, hoffnungslose Traurigkeit gesehen.

Ihr Blick war starr auf einen der Männer in unserer Gruppe gerichtet. Niemand rührte sich. Es war, als wären auch wir von der gleichen Faszination an den Platz gebannt wie sie.

Ich stand nur wenige Zoll von ihr entfernt. Langsam streckte sie eine kleine, behandschuhte Hand aus und berührte meinen Arm. Sie sah mich dabei nicht an. Ich glaube nicht, daß sie überhaupt etwas von meiner Existenz wahrgenommen hatte. Aber sie sagte mit leiser, tonloser Stimme: »Sehen Sie diesen Mann dort? Er hat meinen Vater ermordet.«

Augenblicklich zog das Gegenstück von Miß Brush das junge Mädchen mit sich fort. Unter den Frauen und Männern entstand wirres Gerede, das aber nicht viel zu bedeuten hatte.

Ich warf einen letzten Blick auf das Mädchen mit dem exotischen Blumengesicht und den so quälend traurigen Augen. Dann erst drehte ich mich um, und ich wußte sofort, wen sie vorhin angesehen und gemeint hatte. Es gab nicht den geringsten Zweifel.

Der Mann, der ›ihren Vater getötet hatte‹, stand dicht neben Miß Brush.

Es war Daniel Laribee.

Als wir wieder im Flügel Zwei zurück waren, achtete Miß Brush darauf, daß wir alle die Socken wechselten. Anschließend lud ich Geddes zu einer Partie Billard ein. Wir waren gerade damit fertig, als Jo Fogarty mich zur üblichen Massage vor dem Mittagessen holte. Während er mich bearbeitete, begann er von Geddes zu sprechen und was für ein netter Bursche er doch sei. Dann kam er auf die übrigen Patienten zu sprechen. Aus irgendeinem Grunde schienen ihm alle nicht sonderlich zu gefallen. Fenwick sei weich und schlapp wie ein Mädchen; Billy Trent dagegen ein Muskelprotz und nur schwer zu behandeln.

Die Erwähnung von Muskeln brachte die Unterhaltung unweigerlich auf sein Lieblingsthema, nämlich sich selbst. Üblicherweise fand ich das recht unterhaltsam, aber im Moment konnte ich an nichts anderes als an dieses Mädchen mit den traurigen Augen unter der russischen Pelzkappe denken. So unauffällig wie möglich brachte ich das Gespräch auf sie. Fogarty grinste übers ganze Gesicht, das an eine freundliche Bulldogge erinnerte. »Ja«, sagte er und blinzelte mir verschmitzt zu. »Sieht verdammt gut aus, was?«

»Wie heißt sie eigentlich?«

»Pattison. Iris Pattison. Eine von diesen Park-Avenue-Damen. Ihr Vater hat sein ganzes Geld verloren und sich vom Dachgarten seines Penthouse gestürzt. Das Mädchen hat ihn springen sehen. Das muß ihr irgend etwas angetan haben. Als sie dann auch noch feststellen mußte, daß sie nicht mehr als ein paar tausend Dollar besaß, worauf ihr Freund sie prompt sitzenließ, drehte sie ganz durch. Man brachte sie hierher, und seitdem ist sie bei uns.«

Während er mir kräftig den Rücken massierte, fragte ich: »Was ist denn los mit ihr?«

»Ich verstehe die komischen Namen nicht, die von den Ärzten benutzt werden, aber es soll so was wie Melancholie sein.«

»Melancholie?«

»Na, klar. Sie sitzt meistens nur so herum und tut überhaupt nichts. Mrs. Dell vom Frauenflügel hat mir gesagt, daß sie immer eine Gänsehaut bekommt. Manchmal spricht das Mädchen eine ganze Woche lang kein einziges Wort.«

Arme Iris. Sie tat mir schrecklich leid.

»Aber Sie haben doch auch gehört, was sie heute gesagt hat, Fogarty«, blieb ich beharrlich beim Thema. »Was hat sie damit gemeint, daß Laribee ihren Vater ermordet haben soll?«

Fogarty rieb mich mit einem Frottiertuch energisch ab. »Ein bißchen bekloppt mag sie ja sein, aber so ganz unrecht hat sie wohl nicht mit dem, was sie da geredet hat.

Laribee und ihr Vater hatten sich gemeinsam an einer Börsenspekulation beteiligt. Laribee stieg rechtzeitig aus, als die Kurse noch hoch standen. Die anderen verloren ihr ganzes Vermögen. Deshalb hat der alte Pattison dann Selbstmord begangen.«

Als ich meinen Bademantel überzog, meinte Fogarty heiter: »Wissen Sie, Mr. Duluth, für einen Burschen, der jahrelang von Schnaps gelebt hat, haben Sie aber 'ne ganz stramme Statur.«

Ich bedankte mich für das zweifelhafte Kompliment, und er fuhr fort: »Wie wär's denn, wenn ich Ihnen 'n paar Ringerkniffe beibringen würde? Wenn Sie hier raus sind, können Sie mir ja auch mal 'nen Gefallen tun und mich ins Showbusineß bringen. Dort gehöre ich nämlich hin.«

Das kam mir wie ein recht einseitiger Handel vor, aber ich stimmte zu, und dann begann Fogarty damit, mich in die Geheimnisse des Halbnelsons einzuweihen. Er hatte mich ziemlich fest im Griff, als wir draußen auf dem Korridor Schritte hörten.

Die Tür stand offen, und wir befanden uns in unmittelbarer Nähe. Ich kam mir recht dumm vor, als Miß Brush auftauchte. Es kränkte meine männliche Eitelkeit, daß sie mich so hilflos im Griff dieses Riesenbabys sehen konnte. Aber sie schien das nicht zu empfinden. Sie blieb stehen und sah interessiert zu. Dann lächelte sie auf ihre bezaubernde Art.

»Sie lernen also Ringen, Mr. Duluth. Dann wird es etwas schwerer werden, mit Ihnen fertig zu werden, wenn Sie sich das nächstemal schlecht benehmen.« Bevor ich auch nur ein Wort herausbringen konnte, fuhr sie schon eifrig fort: »Könnten Sie mir diesen Griff nicht auch beibringen, Jo? Mein Jiu-Jitsu ist schon ein bißchen eingerostet, und ich möchte Mr. Duluth doch nicht nachstehen, wenn wir wieder aneinandergeraten.«

Fogarty ließ mich los wie einen heißen Pfannkuchen und verzog den Mund zu einem breiten Grinsen. Die Idee, mit Miß Brush einen kleinen Ringkampf zu machen, schien ihm ausnehmend gut zu gefallen. Nun, das wäre wohl jedem von uns so ergangen.

Ruhig trat sie an ihn heran und ließ sich von ihm in den Griff nehmen. Sie war wirklich eine erstaunliche Person. Sie faßte das genauso lässig auf, als bekäme sie Strickunterricht. Manchmal überlegte ich, ob sie wohl wußte, wie wir Männer auf sie reagierten. Wenn nicht, müßte sie schon dümmer sein, als ich ihr zutraute.

Sie und Fogarty befanden sich gerade in einer besonders verrückten Umarmung, als draußen auf dem Korridor Tumult entstand.

»Lassen Sie das sofort sein...!«

Ich sah gerade rechtzeitig zur Tür, um ein männliches Wesen in blauem Bademantel über die Schwelle springen zu sehen. Er ging sofort mit beiden Fäusten auf Fogarty los. Ein paar Sekunden lang konnte ich im allgemeinen Wirrwarr überhaupt nichts unterscheiden, dann erkannte ich in diesem menschlichen Donnerschlag den jungen Billy Trent. Der Junge glühte vor Wut, und seine Kraft schien beinahe übermenschlich zu sein. Während Miß Brush beiseite taumelte, brach der massige Fogarty unter Billy zusammen, der mit seinem zerzausten Blondhaar, mit dem nackten Oberkörper und den blitzenden Augen wie ein Film-Tarzan aussah.

»Sie werden sie gefälligst in Ruhe lassen, haben Sie verstanden!« schrie Billy keuchend. »Sie werden Miß Brush nicht weh tun! Niemand wird Miß Brush weh tun! Sie lassen sie in Ruhe oder...«

Fogarty begann eine schwache, professionelle Abwehr gegen diese wirbelnden Arme und Beine, aber er war überrascht worden, und seine so vielgerühmten Muskeln schienen wirkungslos zu sein, als Billy beide Hände um den Hals seines Gegners krallte.

Zum erstenmal, seit ich Miß Brush kannte, verlor sie vorübergehend ihre Fassung. Unwillig rief sie: »Ist ja schon gut, Billy! Er wollte mir ja gar nicht weh tun! Ich hatte ihn gebeten, mir...«

Ich gab einen ziemlich gleichgültigen Schiedsrichter ab. Man erwartete jetzt wohl irgend etwas von mir, aber meine alte Nervosität war plötzlich wieder da, und ich begann am ganzen Leib zu zittern. Ich weiß nicht, was vielleicht noch geschehen wäre, wenn in diesem Moment nicht Moreno aufgetaucht wäre. Obwohl ich der Tür den Rücken zugewandt hielt, wurde ich mir seiner Anwesenheit sofort bewußt, als er die Schwelle überschritt. Von ihm ging so etwas wie zwingende Gewalt aus. Er packte Trent an der Schulter und sagte ganz ruhig: »Hören Sie lieber damit auf, Billy.«

Der Junge sah auf und starrte in die dunklen Augen des Arztes. Wie unter hypnotischem Zwang lockerten seine Finger den Griff um Fogartys Hals.

»Aber er hat Miß Brush weh getan! Er hat versucht, ihr weh zu tun!«

»Nein, das hat er nicht. Sie haben sich geirrt. Es war nichts weiter.«

Trent zog sich von Fogarty zurück, und der Wärter kam reichlich beschämt auf die Beine. Auch Billy war aufgestanden. Verlegen knotete er den Gürtel seines Bademantels zu und wagte nicht, zu Miß Brush hinüberzusehen.

»Tut mir leid«, murmelte er und riskierte nun doch einen schüchternen Blick auf Miß Brush. Dann lächelte er plötzlich strahlend und zeigte seine prächtigen Zähne. »Tut mir leid«, wiederholte er. »Mein Temperament ist wohl mit mir durchgegangen. Jeder würde mich für verrückt halten oder so.« Nachdem er sich noch unbeholfen bei Fogarty entschuldigt hatte, wurde er rot wie ein Schuljunge und lief hinaus.

»Es war wirklich überhaupt nichts«, begann Fogarty lahm, kaum daß sich die Tür geschlossen hatte. »Miß Brush wollte nur ein paar Ringergriffe lernen.«

»Sparen Sie sich Ihre Erklärungen«, sagte Moreno kalt. »Und Sie gehen sich jetzt lieber umziehen«, sagte er zu mir. »Gibt ja gleich Mittagessen.«

Fogarty stapfte davon und murmelte dabei etwas von einem Schlag unter die Gürtellinie vor sich hin. Moreno und ich standen da, während Miß Brush ihr Haar wieder einigermaßen in Ordnung brachte. Dann verließ auch ich rasch den Massageraum. Ich hatte es ein bißchen zu eilig. Erst in meinem Zimmer merkte ich, daß ich mein Handtuch vergessen hatte. An sich war das gar nicht so wichtig, aber es schien mir eine gute Ausrede zu sein, um noch einmal in den Massageraum zu gehen und nachzusehen, ob sich dort jetzt vielleicht noch etwas abspielte.

Als ich auf dem Korridor ankam, sah ich, daß die Tür geschlossen war. Ich wollte sie schon aufmachen, als ich plötzlich Morenos Stimme hörte. Sie klang schrill und zornig.

»Oh, er ist genau wie ich, der arme Junge! Kann's einfach nicht ertragen, wenn ein anderer Mann dich berührt!«

Ich muß zu meiner Schande gestehen, daß ich an der Tür stehenblieb und lauschte, aber die beiden da drin sprachen nun so leise, daß ich nur Bruchstücke verstehen konnte. Aber ich konnte doch ganz deutlich hören, wie Moreno plötzlich Laribees Namen erwähnte.

Und dann lachte Miß Brush spöttisch auf. »Ich sehe mich schon als Wölfin der Wall-Street!« sagte sie.

Ich stieß die Tür auf. Die beiden standen ziemlich dicht beieinander. Moreno hatte beide Fäuste geballt. Miß

Brush wirkte streng und engelhaft wie eh und je, hatte aber einen entschlossenen Zug um den Mund.

Kaum sahen sie mich, da entspannten sie sich. Moreno kniff die Augen zusammen. Miß Brush lächelte dieses charmante Lächeln, das sie eigens für uns Patienten reserviert hatte.

»Entschuldigen Sie«, murmelte ich lahm. »Ich habe meine... äh... Pantoffeln... ich meine... mein Handtuch vergessen.«

Es war Samstag, und ich wußte, daß heute wieder in der Halle getanzt werden durfte. Nach meinem gestrigen Verhalten rechnete ich allerdings kaum damit, die Erlaubnis zur Teilnahme zu erhalten. Um so überraschter war ich, als Moreno es mir doch erlaubte. Überrascht und begeistert, denn ich rechnete sofort mit der Möglichkeit, Iris Pattison wiederzusehen.

Miß Brush hatte wie üblich die Aufsicht. Sie stellte uns den Frauen vor und benahm sich dabei wie eine perfekte Gastgeberin aus der Park Avenue.

Ich sah tatsächlich Iris Pattison. Sie trug ein langes, rotes Kleid und saß ganz allein in einer Ecke. Ich vergaß alle Formalitäten, griff nach Miß Brushs Arm und bat sie sehr laut, mich vorzustellen. Sie lächelte mich auf ihre wissende Art an und brachte mich hinüber. »Miß Pattison – Mr. Duluth.«

Das Mädchen sah gleichgültig auf. Sie erinnerte in diesem Augenblick tatsächlich an die Blumen, deren Namen sie trug. Sie sah mich kurz an und sofort wieder weg. Ich nahm hoffnungsvoll neben ihr Platz. Die Musik setzte ein. Ich sah, wie Billy Trent sofort mit strahlendem Lächeln auf Miß Brush zuging. Sie lächelte zwar zurück, doch dann drehte sie sich um und betrat mit dem alten Laribee das Tanzparkett. Das Gesicht des Jungen verriet maßlose Enttäuschung, und für einen Augenblick sank meine hohe Meinung von Isabel Brush wie Laribees imaginäre Aktienkurse.

Ich versuchte, mit Iris ein Gespräch in Gang zu bringen. Ich versuchte alles, was mir nur einfallen wollte, aber es hatte keinen Zweck. Sie antwortete zwar manchmal mit dieser ruhigen, ausdruckslosen Stimme, verriet aber keinen Funken von Interesse. Es war beinahe, als wollte man sich mit einer toten Frau unterhalten. Und dabei war sie doch noch so jung. Man spürte förmlich, daß sie ungemein lebhaft sein könnte, wenn sie nur wollte.

Als ich sie um einen Tanz bat, sagte sie wie ein kleines Mädchen sehr artig: »Danke, vielen Dank.«

Sie tanzte perfekt, aber ihre Bewegungen waren ohne Schwung, fast so, als tanzte sie in Trance.

»Sie sind sehr freundlich zu mir«, sagte sie einmal ganz leise und bescheiden.

Ich konnte ihr darauf keine Antwort geben. Die Worte wollten mir einfach nicht über die Lippen.

Um uns herum wurde in aller Ehrbarkeit getanzt. Die einzige unkonventionelle Unterbrechung kam paradoxerweise von Moreno. Er stand in einer Ecke und unterhielt sich mit Fogarty und Geddes, aber sein Blick war ständig auf Laribee und Miß Brush gerichtet. Als Miß Brush mit ihrem Kopf einmal ein bißchen zu nahe an Laribees Schulter herankam, schob sich Moreno plötzlich durch die tanzenden Paare und mischte sich ein. Das alles geschah höflich, aber Moreno hatte dabei ein ungezügeltes Funkeln in den Augen.

Die Musik brach ab. Ich brachte Iris zur Couch zurück. Mrs. Fogarty kam zu uns herüber. Die Nachtschwester hatte den heroischen Versuch unternommen, sich in ein Abendkleid zu zwängen, aber es spannte an den unpassendsten Stellen, als hätte sie darunter noch ihre Schwesterntracht an. Mit sich brachte sie einen antiseptischen Hauch und eine grauhaarige Frau mit einem dieser stromlinienförmigen, aristokratischen Gesichter.

Mrs. Fogarty raffte sich widerstrebend dazu auf, auch etwas zu sagen.

»Mr. Duluth, das ist Miß Powell. Sie hat in Boston mehrere Ihrer Stücke gesehen und möchte sich darüber gern einmal mit Ihnen unterhalten.«

Ich nicht. Ich wollte nur mit Iris allein sein. Aber Miß Powell setzte sich energisch auf die äußerste Kante der Couch und begann in herablassendem Tonfall über Kultur im allgemeinen und über Theater im besonderen zu reden. Ich hielt sie für eine zu Besuch weilende Psychiaterin oder Philanthropin, die sich darauf verstand, uns unglückliche Insassen aufzuheitern. Ich reagierte entsprechend, gab mich lebhaft und humorvoll, aber fast die ganze Zeit sah ich Iris an.

Ich sah sie auch an, als Laribee auftauchte. Da ich ihm den Rücken zukehrte, konnte ich nicht sehen, wer hinter uns herankam. Aber seine Anwesenheit wurde von Iris' Gesicht deutlich widergespiegelt. Ihre blassen Wangen röteten sich plötzlich vor Erregung und Widerwillen. Sie stand rasch auf und lief davon.

Ich wollte ihr nachlaufen; wollte ihr sagen, daß ich dem alten Laribee einen Kinnhaken verpassen würde, daß ich alles versuchen würde, um ihr dazu zu verhelfen, sich wieder wohl zu fühlen. Aber Miß Powell war zu schnell für mich. Bevor ich mich bewegen konnte, hatte sie mir bereits eine kräftige, männliche Hand auf den Am gelegt, hielt mich zurück und verwickelte mich weiter in einen schier endlosen Wortschwall.

Laribee drückte sich in unserer Nähe herum, und nach einer Weile gelang es mir schließlich, ihm Miß Powell aufzuhalsen.

Als ich gerade verschwinden wollte, fiel mir etwas Merkwürdiges auf. Miß Powell sah dem Finanzier nicht ein einziges Mal ins Gesicht. Ihr Blick war starr auf die Platin-Uhrkette gerichtet, die auf Laribees Weste hing.

»Kleine kulturelle Gruppen, Mr. Laribee...« Die tiefe Stimme redete unaufhörlich drauflos. Dann begann sich ihre rechte Hand behutsam nach vorn zu bewegen. »Wie unser lieber Emerson gesagt haben könnte...«

Ich starrte äußerst erstaunt auf ihre Finger, die nun die Uhrkette beinahe erreicht hatten. Und dann, ohne ihren Monolog auch nur eine Sekunde zu unterbrechen, zog Miß Powell geschickt die Uhr aus der Westentasche und ließ sie mit ladyliker Gewandtheit unter einem der Couchkissen verschwinden!

Laribee hatte überhaupt nichts bemerkt. Das alles hatte sich in Sekundenschnelle abgespielt, eine gelungene Demonstration in Taschendiebstahl! Miß Powell war gewaltig in meiner Achtung gestiegen.

»Es ist ein lohnenswertes Unterfangen, Mr. Laribee, und ich bin sicher, daß Sie daran interessiert sein würden.«

Laribee war aber offensichtlich nicht an lohnenswerten Unterfangen interessiert. Viel lieber wäre er wohl Miß Brush wieder auf den Tanzboden gefolgt. Um das zu erreichen, konnte er jedoch nichts anderes tun, als Miß Powell zum Tanzen aufzufordern. Sie akzeptierte es mit überraschender Lebhaftigkeit, und die beiden schwebten davon wie ein ganz gewöhnliches, unglücklich verheiratetes Ehepaar. Aber die Frau aus Boston hatte immer noch diesen raublustigen Ausdruck in den altjüngferlichen Augen. Ich überlegte, ob sie jetzt wohl den Diebstahl seiner diamantenen Manschettenknöpfe plante.

Kaum waren die beiden gegangen, da schob ich tastend eine Hand unter das Kissen. Die Uhr war noch da. Aber keineswegs allein. Sie lag in einem Nest anderer Schätze. Ich fand eine Bandage, eine Schere, eine halbleere Flasche Jod, ein Fieberthermometer. Miß Powell schien wie ein Eichhörnchen medizinische Vorräte für den Winter zu sammeln!

Ich schob die Uhr in die Tasche, um sie Laribee bei passender Gelegenheit zurückzugeben, aber ich hatte keine Ahnung, was ich mit den übrigen Sachen anfangen sollte. Hilflos sah ich mich im Raum um, bis Mrs. Fogarty auf mich aufmerksam wurde.

»Sehen Sie sich das hier mal an«, sagte ich zu ihr, als sie rasch zu mir herübergekommen war.

Die Nachtschwester zupfte an den Ärmeln ihres Abendkleides, als wäre es ihre Tracht.

»Die arme Miß Powell«, sagte sie aufgeregt. »Dabei ist es ihr schon viel besser gegangen. Aber jetzt fängt sie wieder an, alle möglichen Dinge zu stibitzen! Eine so geistvolle Frau und ...«

»Das kann ich nicht beurteilen, aber sie leidet an Kleptomanie, was?«

Mrs. Fogarty nickte geistesabwesend. Dieser kleine Zwischenfall machte ihr offensichtlich mehr zu schaffen, als ich gedacht hätte. Sie raffte die Sachen zusammen und trug sie zu Dr. Stevens hinüber, der in der Nähe stand. Ich hörte sie sagen: »Hier sind einige von den Dingen, die aus dem Behandlungszimmer verschwunden sind, Doktor. Jetzt fehlten nur noch zwei Bandagen und die Stoppuhr.«

Stevens' Gesicht war sehr ernst geworden. Er murmelte etwas davon, Arzt zu sein und kein Detektiv, dann eilte er aus der Halle.

Wenige Minuten später kam Laribee allein von der Tanzfläche zurück. Ich beglückwünschte ihn dazu, Miß Powell losgeworden zu sein, aber er schien sehr nervös und gereizt zu sein. Als er sich neben mir hinsetzte, fiel mir auf, daß sein Gesicht ungewöhnlich blaß war. Plötzlich sagte er in leisem, ernstem Tonfall, als fiele ihm das Sprechen schwer: »Wenn ich Ihnen jetzt eine Frage stelle, Mr. Duluth, dann werden Sie mich doch nicht gleich für verrückt halten, oder?«

In stummer Übereinkunft hielten wir Insassen uns gegenseitig für geistig vollkommen gesund. Ich erkundigte mich also höflich danach, was er meinte, und weil ich glaubte, daß er sich eben auf seine Uhr bezogen hatte, wollte ich sie schon aus der Tasche holen, als er bereits hinzufügte: »Sagen Sie, hören Sie auch dieses Ticken oder nicht? Ein Ticken wie ...«

Er brach ab. Ich wußte, daß er einen Börsentelegrafen meinte, aber das Wort wohl nicht über die Lippen brachte. Zunächst hielt ich es wieder für eine seiner Wahnvorstellungen, doch dann begriff ich plötzlich, daß es nichts dergleichen war. Auch ich konnte jetzt deutlich ein Tikken hören... viel schneller als das Ticken einer Uhr. Es schien aus der Nähe von Laribees linker Jackentasche zu kommen.

»Ja, ich kann es auch hören«, sagte ich. »Sehen Sie doch mal in Ihrer linken Tasche nach.«

Leicht benommen schob Laribee seine zitternde Hand in die linke Jackentasche und holte einen runden Metallgegenstand heraus, den ich sofort als eines dieser Geräte erkannte, die Stevens zum Messen von Puls, Blutdruck und was weiß ich noch alles benutzte. Offensichtlich handelte es sich um die Stoppuhr, die Mrs. Fogarty vorhin erwähnt hatte. Sie tickte sehr schnell, und irgendwie fühlte sogar ich mich durch dieses Geräusch in jene Panik-Tage des Jahres 1929 zurückversetzt.

»Eine Stoppuhr«, murmelte Laribee leise. »Es ist nur eine Stoppuhr.« Dann drehte er sich zu mir herum und fragte sehr scharf: »Aber wie, um aller Welt willen, ist sie in meine Tasche gekommen?«

»Ist Ihnen schon aufgefallen, daß Ihre Taschenuhr fehlt?« fragte ich ihn und zog sie aus meiner Jacke.

Er starrte sie erstaunt an, dann nahm er sie mir unter mitleidigem Lächeln ab. Offensichtlich hielt er jetzt mich für denjenigen, der sich dicht am Rand des Wahnsinns befand. Während er das Platin der Uhr befingerte, huschte ein beinahe glückseliger Ausdruck über sein Gesicht.

»Da haben wir's«, sprach er vor sich hin. »Man versucht wirklich, mich zu erschrecken. Das ist alles. Ich bin nicht verrückt. Natürlich bin ich nicht verrückt.« Er nickte ungestüm. »Das muß ich sofort Miß Brush erzählen!«

Er eilte davon und bahnte sich einen Weg durch die tanzenden Paare.

Als er mich verlassen hatte, empfand ich ein seltsames Gefühl drohender Gefahr. Bisher hatte ich Miß Powell nur für eine komische, schrullige Jungfer gehalten, doch jetzt schien auch sie mir in die Entwicklung dieses merkwürdigen Dramas verwickelt zu sein, das sich in Dr. Lenz' Sanatorium so hinterhältig bemerkbar machte.

Die Jungfer aus Boston hatte die Stoppuhr gestohlen. Davon war ich ziemlich überzeugt. Aber hatte sie sie einfach in Laribees Tasche gleiten lassen, als sie mit ihm getanzt hatte? Oder war diese Stoppuhr auch für das Ticken verantwortlich, das ich aus Laribees Zimmer gehört hatte? Und wenn ja, wie war sie dann in den Männer-Flügel gelangt? Ich wußte genügend über Stoppuhren, um zu begreifen, daß sie normalerweise nicht lange liefen. Jemand mußte sie also aufgezogen haben. Aber wer? Miß Powell? Oder eine andere Person in deren Auftrag, um Laribee zu erschrecken? Oder hatte der Millionär es vielleicht sogar selbst getan, um irgendeinen verrückten Plan auszuführen?

Und dann kam mir noch ein Gedanke, der schon etwas unheimlicher war. Laribees geistige Gesundheit – oder eher das Gegenteil – bedeutete viel Geld für das Sanatorium! Sollte es möglich sein, daß...?

Jetzt hätte ich wer weiß was für eine kleine Flasche Schnaps gegeben, um mein Denkvermögen ein wenig zu beflügeln. Daran war natürlich nicht zu denken. Deshalb beschloß ich, wenigstens ein bißchen frische Luft zu schnappen. Das Treiben um mich herum fiel mir auf einmal schrecklich auf die Nerven. Eigentlich hatte ich gehofft, meinen Freund Fogarty im Vorraum zu finden, aber ich traf nur Warren an. Ich bat ihn um eine Zigarette, und wir begannen miteinander zu plaudern.

Als ich schließlich wieder in die Halle zurückkehrte, war der Tanz gerade zu Ende. Alle hatten sich am hinteren Ende des großen Raumes versammelt. Zunächst vermochte ich nicht zu erkennen, was den Mittelpunkt der allgemeinen Aufmerksamkeit bildete, dann sah ich, daß es Dr. Lenz höchstpersönlich war. Als ich mich der Gruppe anschloß, glaubte ich seine Persönlichkeit so deutlich zu spüren, als hätte ich soeben ein magnetisches Kraftfeld betreten. Ich hatte die vage Absicht, ihm von dem Zwischenfall mit der Stoppuhr zu berichten, doch das vergaß ich sofort wieder, als ich Iris erblickte. Sie saß erneut ganz allein in einer Ecke. Eifrig lief ich zu ihr hinüber und erkundigte mich, ob ihr der Abend bisher Spaß gemacht hätte.

»Ja«, antwortete sie mechanisch, als müßte sie sich bei einem langweiligen Gastgeber bedanken. »Ich habe mich sehr gut amüsiert.«

Es schien keinen Zweck zu haben, die Unterhaltung fortsetzen zu wollen. Ich saß nur da und sah sie an.

Plötzlich verspürte ich ein geradezu überwältigendes Verlangen, dieses Mädchen einmal auf der Bühne zu sehen. Sie hatte dieses gewisse Etwas an sich, das man nur einmal im Leben zu sehen bekommt. Diese sanfte Nackenlinie, eine undefinierbare Schönheit der Gestik, wonach ein Theatermann zwischen Broadway und Bagdad ständig auf der Suche ist. Meine alte Begeisterung begann in meinen Adern zu prickeln. Ich mußte raus aus dieser Anstalt. Ich mußte dieses Mädchen mitnehmen und ausbilden. Bei entsprechendem Aufbau würde sie einfach alles erreichen können. Im Geiste war ich bereits fünf Jahre voraus. Es war das gesündeste Gefühl, das ich seit Jahren hatte.

Die Gedanken purzelten immer noch wild in meinem Kopf durcheinander, als ich einen Blick zu den anderen hinüberwarf. Alle – Patienten und Personal – drängten sich um Dr. Lenz und um die Bridge-Tische herum.

Während ich das noch beobachtete, löste sich ein Mann aus der Gruppe. Ich schenkte ihm zunächst keinerlei Beachtung, bis ich begriff, daß es David Fenwick, unser Spiritualist, war. In der schwarzweißen Abendkleidung wirkte er beinahe noch ätherischer als üblich. Es lag etwas Zielstrebiges in der Art, wie er jetzt dem Zentrum der Tanzfläche zustrebte.

Niemand sonst schien auf ihn zu achten, aber ich hielt meinen Blick wie gebannt auf ihn gerichtet, als er sich nun umdrehte und zu den anderen zurücksah. Er hob eine Hand, als wollte er Schweigen gebieten, und selbst auf diese Entfernung hin konnte ich erkennen, wie seine Augen funkelten. Als er sprach, klang seine Stimme eigenartig durchdringend.

»Endlich sind sie durchgekommen«, kündigte er in einer Art tonlosem Singsang an. »Endlich bin ich imstande gewesen, ihre Botschaften zu empfangen. Es ist eine Warnung für uns alle, aber sie ist ganz besonders an Daniel Laribee gerichtet.«

Alle wirbelten herum und starrten ihn beinahe fasziniert an. Einen Moment herrschte Totenstille. Auch ich starrte ihn an, aber aus den Augenwinkeln heraus nahm ich zugleich wahr, wie Miß Brush hastig nach vorn lief. Sie war nur noch knapp zwei, drei Schritte von ihm entfernt, als er fortfuhr: »Und so lautet die Warnung, die mir die Geister geschickt haben: *Hütet euch vor Isabel Brush! Hütet euch vor Isabel Brush! Sie ist eine Gefahr für uns alle und ganz besonders für Daniel Laribee! Sie ist eine Gefahr! Es wird Mord geben…*«

Stille. Spannung. Für einige Sekunden standen sich die beiden Gestalten wie auf der Bühne gegenüber – Fenwick in einer Art Trance, Miß Brush sehr blaß und steif.

Dann rief plötzlich eine Stimme: »David… David!«

Zu meinem Erstaunen war es Stevens, der gesprochen hatte, und jetzt sprang er vorwärts. Sein rundes Gesicht verriet Betroffenheit und Besorgnis. Beinahe liebevoll legte er einen Arm um Fenwicks Schultern und flüsterte ihm etwas ins Ohr. Als er ihn schließlich mit sich fortzog, war der Bann gebrochen. In der großen Halle brach ein Tumult aus. Miß Brush verschwand irgendwo in der wild durcheinanderdrängenden Menge. Moreno, Lenz, Mrs. Fogarty, Warren… alle beeilten sich nach besten Kräften, wieder für Ruhe zu sorgen.

Leute hasteten an mir vorbei, aber ich achtete gar nicht darauf, sondern drehte mich nach Iris um.

»Mord!« hörte ich sie wispern. »Mord! Es ist schrecklich!«

Als ich begriff, daß sie weinte, kam ich mir zunächst hilflos und elend vor, doch plötzlich war ich froh. Sie war verängstigt und beunruhigt, aber sie verriet doch endlich einmal irgendeine Empfindung.

Ich nehme an, daß auch meine Nerven arg in Mitleidenschaft gezogen worden waren, denn bevor ich noch recht wußte, was ich überhaupt tat, hatte ich nach ihrer Hand gegriffen und flüsterte ihr drängend zu: »Ist ja schon gut, Iris. Nicht weinen. Alles wird wieder gut-werden.«

Aber für unsere Aufsichtspersonen schien gar nichts gut zu sein. Wir Männer wurden in den Flügel Zwei zurückgebracht. Einige von uns waren reichlich durcheinander. Fenwick war nirgendwo zu sehen. Auch Miß Brush trat nicht mehr in Erscheinung. Laribee, sehr blaß und niedergeschlagen, wurde von Mrs. Fogarty zu Bett gebracht.

Wir anderen wurden ins Rauchzimmer gedrängt. Ich unterhielt mich noch ein paar Minuten mit Billy Trent, der mich besorgt fragte: »Es hat doch gar nichts zu bedeuten, nicht wahr, Pete? Wir brauchen uns doch nicht vor Miß Brush zu hüten?«

»Nein, nein, natürlich nicht, Billy«, beruhigte ich ihn. »Das ist doch alles Unsinn.«

»Auch das mit der Mordankündigung?«

»Selbstverständlich. Alles Spinnerei.«

Es schien mir zu gelingen, den Jungen zu beruhigen, aber mich selbst konnte ich nicht so leicht beruhigen. Natürlich hielt ich gar nichts von spiritistischen Warnungen, aber es war doch mehr als merkwürdig, daß innerhalb von vierundzwanzig Stunden drei verschiedene Personen die Worte ausgesprochen hatten, diese ominöse Prophezeiung: *»Es wird Mord geben!«*

Nachdem ich zu Bett gegangen war, wiederholte ich im Geist ständig diese vier Worte: *Es wird Mord geben.* Erst mit meiner eigenen Stimme, wie ich sie in der vergangenen Nacht gehört hatte; dann mit Geddes' Stimme kurz vor seinem Anfall heute vormittag, und schließlich vermeinte ich sie wieder und immer wieder in mechanischer Monotonie von David Fenwick zu hören.

Und falls es Mord geben sollte, so fragte ich mich weiter, wer würde dann das Opfer sein? Alle Zwischenfälle des Tages – ob nun trivial, amüsant oder düster – schienen auf eine einzige Person hinzudeuten – auf Daniel Laribee, den Mann, der im Zimmer nebenan lag.

Ich überlegte, ob Lenz alle diese seltsamen Zwischenfälle immer noch diesem ›subversiven Einfluß‹ zuschrieb. Oder würde auch er allmählich zu glauben beginnen, daß alles eine tieferliegende, alarmierende Bedeutung hatte? Immerhin, Laribee schien viele Feinde zu haben, selbst hier im Sanatorium. Falls eine geistig normale Person ihn ermorden wollte, könnte sie sich gar keinen günstigeren Ort für dieses Verbrechen aussuchen als eine Nervenheilanstalt.

Da meine Gedanken eine morbide Richtung einzuschlagen drohten, beschloß ich energisch, endlich zu schlafen.

Als ich am nächsten Morgen erwachte, schien bereits die Sonne. Ich hatte keine Ahnung, wie spät es sein mochte, denn auch Uhren waren in unseren Zimmern nicht erlaubt. Eine ganze Weile blieb ich im Bett liegen und wartete darauf, daß Fogarty mich holen kommen würde. Schließlich verlor ich die Geduld, stand auf, zog meinen Bademantel an und ging auf den Korridor hinaus. Die große Wanduhr zeigte zwanzig Minuten vor acht. Fogarty kam also bereits zehn Minuten zu spät. Ich rechnete damit, irgendwo auf seine Frau zu stoßen, aber der kleine Alkoven war leer. Es war überhaupt niemand zu sehen.

Ich ging in den Behandlungsraum, doch auch hier konnte ich Fogarty nicht entdecken. Ich rief laut seinen Namen und ging zu den Duschkabinen, aber auch hier war er nicht. Dann sah ich vor einer der Nischen den Anzug liegen, den er gestern abend getragen hatte. Lächelnd schob ich den Vorhang zurück und erwartete, Fogarty dabei überraschen zu können, wie er sich selbst eine Massage verpaßte, um den Kater zu vertreiben.

Im nächsten Augenblick begriff ich plötzlich, was Schriftsteller meinen, wenn sie von ›eingefrorenem Lächeln‹ schreiben. Auch die scherzhaften Worte, die ich mir bereits zurechtgelegt hatte, um Fogarty aufzuziehen, blieben mir im Halse stecken.

Auf der Marmorplatte in diesem winzigen Raum lag ein Ding, das schrecklicher anzusehen war, als ich es selbst in den gräßlichsten Anfällen von Delirium tremens jemals erblickt hatte.

Es wird Mord geben! Diese Phrase war mir inzwischen vertraut genug, aber ich hatte bestimmt nicht erwartet, so etwas zu sehen.

Zunächst konnte ich nicht zusammenhängend denken, aber als der Verstand schließlich wieder zu funktionieren begann, begriff ich, daß dies keineswegs eine Halluzination war. Es lag noch immer dort auf der Marmorplatte, dieses Ding, das einmal Jo Fogarty gewesen war.

Es gab kein Blut, keine Verstümmelung. Es war die *Position* des Körpers, die so schockierend wirkte. Der Mann lag auf der Brust und war nur mit Socken und Badehose bekleidet. Der Oberkörper war in ein seltsames Kleidungsstück gewickelt, dessen Bedeutung ich nicht sofort erkannte. Erst ganz allmählich identifizierte es sich in meinem Geist mit Bildern, die ich von Zwangsjacken gesehen hatte.

Die derbe Zeltleinwand war fest um seinen nackten Torso geschnallt, so daß die Arme eng an den Körper gepreßt wurden. Um seinen Hals war ein provisorischer Strick gebunden worden, aus einem in Streifen gerissenen Handtuch geflochten. Dieser Strick war auch an seinen Knöcheln befestigt und so straff angezogen, daß der

Körper wie ein Bogen nach oben gekrümmt war. Nur vage achtete ich darauf, daß die Füße mit seiner eigenen Krawatte und seinem Gürtel zusammengebunden waren. Ein Knebel aus einem Handtuchfetzen wurde durch das über den Mund gebundene Taschentuch festgehalten.

Jo Fogarty war tot, daran gab es gar keinen Zweifel. Beim Anblick dieses verzerrten Gesichtes, dieser Verzweiflung in den starren, toten Augen rieselte mir ein eiskalter Schauer den Rücken hinab. Gewaltsam riß ich mich aus meiner Erstarrung, stürzte aus dem Raum, schloß die Tür von außen ab, steckte den Schlüssel in die Tasche meines Bademantels und lief über den Korridor.

Meine Gedanken waren hoffnungslos verwirrt. Nur ein Satz formte sich immer wieder in meinem Gehirn.

»Doktor Lenz! Ich muß sofort zu Doktor Lenz!« murmelte ich.

Als ich um die nächste Ecke bog, stand ich vor Dr. Moreno.

»Sie sind ja schon sehr früh auf, Mr. Duluth«, sagte er.

Die Finger in der Tasche meines Bademantels krallten sich noch fester um den Schlüssel.

»Ich muß sofort Dr. Lenz sprechen!« keuchte ich.

»Doktor Lenz ist noch nicht aufgestanden.«

»Aber ich muß ihn sprechen!«

Moreno sah mich so durchdringend an, als wollte er versuchen, die Gedanken hinter meiner Stirn zu lesen.

»Wollen Sie allein in Ihr Zimmer zurückgehen, Mr. Duluth? Oder soll ich Sie begleiten?«

»Ich habe nicht die Absicht, in mein Zimmer zurückzugehen!« Ich stand einen Moment da und versuchte, mich wieder in den Griff zu bekommen. Dann fügte ich hinzu: »Es ist etwas sehr Ernstes passiert.«

»Ach wirklich?«

»Etwas, wovon Dr. Lenz sofort erfahren muß. Würden Sie mich jetzt gehen lassen?«

»Hören Sie, Mr. Duluth...«

Moreno schien mich wieder auf seine ruhige, erbarmungslose Art besänftigen zu wollen. Ich sah plötzlich keinen Grund mehr, noch länger zu verheimlichen, was ich wußte. Moreno würde ohnehin bald genug davon erfahren.

»Kommen Sie mit!« forderte ich ihn grimmig auf.

Er folgte mir in den Behandlungsraum, aber ich konnte mich nicht dazu bringen, bis in die Nähe der Nische zu gehen. Ich beobachtete, wie Moreno den Vorhang zurückzog, dann sah ich, wie sein Unterkiefer herunterklappte. Seine Stimme klang jedoch gefährlich ruhig, als er fragte: »Wann haben Sie das entdeckt?«

Ich sagte es ihm.

Er holte ein Taschentuch heraus und wischte sich damit langsam über die Stirn.

»Werden Sie mich jetzt zu Dr. Lenz gehen lassen?« fragte ich.

»Wir werden zusammen hingehen«, sagte er.

Nach meiner Unterhaltung mit Dr. Lenz bekam ich einen schweren Zitteranfall. Man schickte mich zu Bett, und eine sehr ernste Miß Brush brachte mir das Frühstück. Nach einer Tasse Kaffee fühlte ich mich schon wieder besser und konnte zusammenhängend denken.

Trotzdem gab alles keinen Sinn. Dieser gräßliche und vollkommen unerwartete Tod des Wärters machte die Verwirrung um diese anderen merkwürdigen Zwischenfälle nur noch größer. Letzte Nacht hatte ich gewußt, daß Gefahr bestand, aber diese Gefahr schien Daniel Laribee und Miß Brush zu betreffen. Es gab keinen vernünftigen Grund, warum jemand hätte den Wärter umbringen sollen, der keinen anderen Fehler gehabt hatte, als mitunter ein bißchen zu prahlen.

Doch genauso unglaublich erschien mir, daß jemand imstande gewesen war, ihn auf diese bestialische Art umzubringen. Dazu war doch erstaunliche Kraft nötig gewesen, die Kraft eines Wahnsinnigen, eines Mordwütigen!

Ich war ordentlich erleichtert, als Miß Brush wieder hereinkam und mir vorschlug, aufzustehen. In der Hoffnung, Geddes zu einer Partie Billard einladen zu können, schlenderte ich in die Bibliothek. Er war nicht da. Nur Stroubel saß in einem Ledersessel und starrte traurig vor sich hin. Der berühmte Dirigent sah bei meinem Eintritt auf und lächelte. Ich war überrascht, denn bisher hatte er mir nie die geringste Beachtung geschenkt. Ich nahm neben ihm Platz, und er sagte ruhig: »Das ist eine tragische Welt, Mr. Duluth. Wir begreifen gar nicht, daß auch andere außer uns leiden.«

Ich wollte ihn schon fragen, was er damit meinte, als er eine seiner schönen Hände hob und fortfuhr: »Als ich vergangene Nacht so im Dunkeln lag, war ich traurig. Ich habe nach Mrs. Fogarty geläutet. Als sie hereinkam, sah ich, daß sie geweint hatte. Daran habe ich nie gedacht, daß eine Krankenschwester Sorgen haben könnte wie ich.«

Ich war sofort interessiert. Bevor ich mich jedoch weiter mit Stroubel unterhalten konnte, kam Miß Brush herein und sagte mir, daß Dr. Lenz mich noch einmal in seinem Büro sprechen wollte. Sie brachte mich hin.

Dr. Lenz saß hinter seinem Schreibtisch und machte ein düsteres Gesicht. Moreno und Stevens waren auch da. Zwei Kriminalbeamte lehnten an der Wand, und in dem üblicherweise für Patienten reservierten Sessel saß ein stämmiger Mann, den Lenz mir als Captain Green von der Mordkommission vorstellte.

Die Kriminalisten schienen nur wenig Notiz von mir zu nehmen. Lenz erklärte kurz, daß ich den Toten entdeckt hatte, dann setzte er das Gespräch dort fort, wo es durch meinen Eintritt unterbrochen worden war.

»Wie gesagt, Captain, einen Punkt muß ich ganz klarmachen, bevor Sie mit einer Untersuchung hier im Sanatorium beginnen. Als Bürger bin ich dem Staat gegenüber verpflichtet, alles zu tun, damit der Gerechtigkeit Genüge getan wird. Aber als Psychiater habe ich eine noch größere Verpflichtung meinen Patienten gegenüber. Ihre geistige Gesundheit liegt in meinen Händen. Ich bin für sie verantwortlich, und deshalb muß ich jedes Kreuzverhör von vornherein ablehnen.«

Green knurrte nur etwas Unverständliches.

»Jeder Schock dieser Art könnte nicht wiedergutzumachenden Schaden anrichten«, fuhr Dr. Lenz fort. »Natürlich werden Dr. Moreno und alle anderen Mitglieder des Personals alles tun, was sich auf taktvolle Weise bewerkstelligen läßt, aber direktere Maßnahmen kann ich unter gar keinen Umständen erlauben.«

Green nickte nur kurz und warf mir einen argwöhnischen Blick zu. Er hielt mich wohl für einen dieser von Dr. Lenz eben erwähnten Patienten. Lenz schien es erraten zu haben, denn er lächelte flüchtig und versicherte ihm, daß zwischen mir und den übrigen Insassen doch ein kleiner Unterschied bestünde. Er fügte hinzu, daß ich vielleicht nützlich sein könnte. »Vor Mr. Duluth können Sie ganz offen reden, Captain.«

Aus der nun folgenden Unterhaltung zwischen Lenz und Captain Green konnte ich entnehmen, daß Fogarty bereits drei bis vier Stunden tot gewesen war, als ich ihn entdeckte. Er war zum letztenmal lebend gesehen worden, als er die Tanzparty verlassen hatte, um seinen Dienst anzutreten. Mrs. Fogarty und Warren waren offensichtlich schon vernommen worden. Beide hatten jedoch nichts weiter aussagen können, waren aber in der Lage gewesen, ihre Angaben über ihre nächtliche Tätigkeit gegenseitig zu bestätigen.

Während dieses Austausches von Fragen und Antworten hatte Moreno kaltes Schweigen bewahrt. Schließlich lehnte er sich aber doch etwas vor und sagte sehr scharf: »Ist es nicht durchaus möglich, daß alles nur ein Unfall war? Es gibt doch keinerlei Anhaltspunkte, daß jemand ein Interesse daran gehabt haben könnte, Fogarty umzubringen. Ich sehe nicht ein, warum nicht ein handgreiflicher Schabernack...«

»Wenn das ein handgreiflicher Schabernack gewesen sein soll, dann muß jemand hier aber einen verdammt komischen Sinn für Humor haben«, unterbrach ihn Green gereizt. »Und wenn es ein Unfall gewesen sein soll, dann muß es schon ein verdammt komischer Unfall gewesen sein. Und wenn es Mord gewesen ist, dann ist es der raffinierteste Mord, von dem ich gehört habe. Dr. Stevens hat gesagt, daß es unmöglich ist, festzustellen, wann der Mann in die Zwangsjacke gesteckt wurde. Es hätte in der vergangenen Nacht jederzeit gewesen sein können, und wer immer es getan haben sollte, dürfte Gelegenheit gehabt haben, sich nicht nur eins, sondern hundert Alibis zu verschaffen.«

»Es war nicht nur gerissen, es war auch ungemein brutal«, mischte sich Stevens ein. Sein sonst so rundliches Gesicht war blaß und wies tiefe Falten auf. »Der Polizeiarzt und ich stimmen in der Ansicht überein, daß Fogarty bis zum Schluß bei Bewußtsein gewesen sein dürfte. Er muß also in langsamer Qual gestorben sein, vielleicht sogar fünf, sechs Stunden lang. Der Knebel hat ihn daran gehindert, um Hilfe zu rufen, und jede Bewegung, um sich von den Fesseln zu befreien, hat den Druck um seinen Hals nur noch verstärkt. Das Straffen dieses Handtuchstrickes, hervorgerufen durch das ständige Zusammenziehen der verkrampften Beinmuskeln, muß ihn schließlich erstickt haben.« Er sah auf seine Hände hinab. »Ich kann nur mit Dr. Moreno hoffen, daß sich doch noch alles als ein Unfall herausstellt. Man hat doch schon gehört, daß Leute sich selbst gefesselt haben.«

»Tatsächlich?« fragte Green ungeduldig. »Indem sie sich eine Zwangsjacke anziehen und Hals und Beine mit einem Strick verbinden? Um das zu tun, müßte man schon ein Super-Houdini sein. Nein, nein, Sir. Wir haben es mit einem Mord zu tun – oder ich bin reif für eine Einlieferung in dieses Sanatorium.«

Er drehte sich mit einem Ruck nach mir um und forderte mich auf, alles noch auf einmal ganz genau zu erzählen. Während ich sprach, starrte er mich ständig mißtrauisch an, als erwartete er, daß ich wie ein Affe herumhüpfen oder an den Gardinen hochklettern würde. Als ich fertig war, sagte er: »Was haben die Patienten von Fogarty gehalten? Mochten sie ihn?«

Ich sagte ihm, daß der Ex-Champion bei uns allen sehr beliebt gewesen war. Green fragte nach weiteren Details, und ich erzählte ihm, daß Fogarty den Wunsch gehabt hatte, einmal ins Showbusineß einzusteigen. Ich erwähnte auch noch, wie stolz er auf seine ungewöhnlichen Körperkräfte gewesen war.

»Das ist es ja gerade!« rief Green. »Um einen Mann von seiner Statur in eine Zwangsjacke zu bekommen, hätte man doch bestimmt sechs, sieben kräftige Männer gebraucht! Und doch behaupten Polizeiarzt und Dr. Stevens hier, keinerlei Spuren von Gewaltanwendung gefunden zu haben. Die im hiesigen Labor durchgeführte Blutuntersuchung hat keinerlei Hinweise auf Betäubungsmittel ergeben. Ich wüßte also nicht, wie es sonst bewerkstelligt werden konnte, es sei denn...« Er winkte ab und sah Lenz an. »Die ganze Sache kommt mir irgendwie verrückt vor. Ist es nicht doch möglich, daß Sie jemanden hier in Ihrem Sanatorium haben, der gefährlicher ist, als Sie glauben? Es ist doch bekannt, daß Wahnsinnige unglaubliche Kräfte entwickeln können, und manche sollen auch ein sadistisches Vergnügen daran finden, andere leiden zu sehen.«

Ich beobachtete Lenz sehr aufmerksam und interessiert. Diese Theorie schien mir sehr gut zu dem von ihm erwähnten ›subversiven Einfluß‹ zu passen. Zu meiner Überraschung verhärtete sich sein Gesichtsausdruck, und ich hörte ihn sagen: »Sadismus ist in irgendeiner Form bei jedem Individuum anzutreffen, aber ein motivloser Mord setzt wohl doch einen fortgeschrittenen Zustand geistigen Verfalls voraus, wie er in diesem Sanatorium kaum existieren dürfte.« Er fügte von sich aus noch den Vorschlag hinzu, alle Insassen von einem außenstehenden Facharzt untersuchen zu lassen, was er jedoch nicht für nötig hielt. »Denn«, so schloß er, »kein mordwütiger Wahnsinniger hätte ein derartig vorsätzliches Verbrechen begehen können. Wenn ein Wahnsinniger tötet, dann geschieht es in einem Augenblick totaler Umnachtung. Er würde niemals die Geduld aufbringen, einen Mann erst in eine Zwangsjacke zu stecken und zu fesseln, selbst wenn er die Kraft und auch die Gelegenheit dazu hätte.«

Green schien keineswegs überzeugt zu sein. »Aber hätte nicht jeder von Ihren Patienten den Massageraum während der Nacht aufgesucht haben können, ohne dabei gesehen zu werden?«

»Ich denke schon.« Lenz strich mit einer Hand an seinem Bart auf und ab. »Ich halte in meinem Sanatorium nicht allzuviel von starken Beschränkungen. Bei den Patienten, die ich hier behandle, ist es wichtig, ihnen das Gefühl zu geben, vollkommen normal zu sein. Ich gebe mir die größte Mühe, meinen Patienten den Eindruck zu vermitteln, sich nicht in einer Nervenheilanstalt, sondern in irgendeinem Hotel oder Klub zu befinden. Soweit ein Patient sich hier einfügt, wird ihm größtmögliche persönliche Freiheit eingeräumt.«

»Jeder hätte sich also auch eine Zwangsjacke aneignen können, nicht wahr?« hakte Green sofort ein.

»Nein«, übernahm Moreno rasch die Antwort. »Es gibt nur zwei in dieser Anstalt. Dr. Lenz und auch ich halten die Anwendung für veraltet und obendrein gefährlich. Wir glauben nicht an Zwangserziehung. Diese beiden Zwangsjacken sind lediglich für einen alleräußersten Notfall vorgesehen. Sie sind in einem Schrank des Massagesaals verschlossen. Nur Fogarty und Warren hatten Schlüssel. Ich möchte sogar bezweifeln, daß sonst jemand überhaupt etwas davon gewußt hat.«

Mir fiel plötzlich ein, daß Fogarty mir gegenüber etwas von einem Ringkampf mit seinem Schwager Warren erwähnt hatte.

»Es wird ja wahrscheinlich nichts zu bedeuten haben«, sagte ich. »Aber Fogarty und Warren haben davon gesprochen, einmal einen Ringkampf miteinander durchzuführen. Vielleicht haben sie diese Zwangsjacke nur dazu benutzen wollen, ihre Kräfte zu testen? Dann könnte es vielleicht doch – wie Dr. Moreno gesagt hat – ein Unfall gewesen sein.«

Lenz und Moreno wechselten einen raschen Blick miteinander.

»Ja«, sagte nun auch Stevens drängend. »Eine solche Erklärung scheint mir viel befriedigender zu sein.«

Green knurrte nur unverbindlich, stellte mir noch ein paar Fragen und sagte: »Es gibt noch eine andere Möglichkeit. Wie ich hörte, soll Fogarty auch bei Frauen sehr beliebt gewesen sein. Offensichtlich war es für einen Mann unmöglich, Fogarty gegen dessen Willen in eine Zwangsjacke zu stecken, aber eine Frau hätte ihn vielleicht dazu überreden können, dieses Ding einmal freiwillig anzulegen. Mr. Duluth hat uns gesagt, daß Fogarty auf seine ungewöhnlichen Körperkräfte sehr stolz gewesen sein soll. Es müßte also für eine Frau relativ leicht gewesen sein, ihn zu einer Kraftprobe zu reizen. Und wenn er erst mal in der Zwangsjacke steckte, konnte jede Frau mit Leichtigkeit den Rest erledigen.«

Ich dachte augenblicklich wieder an die kleine Vorstellung, die Fogarty am Vortage mit Miß Brush gegeben hatte. An diese Vorstellung, die dann durch Billy Trents Auftauchen so sensationell geendet hatte. Ich sah, daß auch Moreno sich jetzt daran erinnerte, wie die leichte Röte in seinen dunklen Wangen verriet. Bevor ich mich entschließen konnte, ob ich diesen kleinen Zwischenfall erwähnen sollte oder nicht, sagte Moreno abrupt: »Mr. Duluth leidet immer noch unter dem Schock seiner Entdeckung. All diese Aufregung ist gar nicht gut für ihn. Falls Captain Green also keine weiteren Fragen mehr an ihn hat, sollten wir Mr. Duluth entschuldigen.«

Green zuckte nur die Schultern, und Dr. Lenz nickte zustimmend. Als Moreno zu mir herüberkam, konnte ich mich über seinen Eifer, mich aus dem Raum zu schaffen, nur wundern. Aber das war nicht die einzige Sache, die mich wunderte. Lenz wußte doch genausogut wie ich, daß sich seltsame Zwischenfälle hier im Sanatorium ereignet hatten. Er selbst hatte mich ja erst darauf aufmerksam gemacht. Und doch schien er gar nicht daran zu denken, Captain Green etwas davon zu sagen.

Moreno begleitete mich bis zur Türschwelle und blieb hier stehen.

»Natürlich werden Sie mit keinem unserer Patienten über diese Sache sprechen, Mr. Duluth«, sagte er beinahe schroff. »Und Sie dürfen auch selbst nicht allzuviel daran denken oder gar darüber nachgrübeln. Sie wissen ja, daß Sie noch nicht wieder ein vollkommen normaler Mann sind.«

Als ich auf den Korridor hinaustrat, hörte ich, wie auch Dr. Stevens sich entschuldigte und mir folgte.

»Ein schlechter Tagesanfang, Duluth«, sagte er zu mir. »Aber es muß alles seinen alten Gang weitergehen. Wollen Sie nicht gleich zur täglichen Untersuchung mitkommen?«

Ich nickte zustimmend. Er stellte die üblichen Fragen, nahm die üblichen Untersuchungen vor, machte die üblichen Eintragungen ins Krankenblatt, aber zu meiner Überraschung entließ er mich am Schluß noch nicht, sondern starrte mich über sein Instrumentarium hinweg an.

»Was halten Sie von alledem?« fragte er mich rundheraus.

»Eigentlich gar nichts«, antwortete ich müde.

»Aber für diesen Captain Green ist es kein Unfall. Glauben Sie auch, daß es Mord war?«

»Meine Bühnenausbildung hat mich gelehrt, daß Leute, die in grotesk verschnürten Positionen aufgefunden werden, in der Regel Opfer irgendeines grauslichen Verbrechens sind«, sagte ich mit dem Versuch, die ganze Geschichte auf die leichte Schulter zu nehmen. »Es scheint kein Motiv zu geben, an einem solchen Ort wie diesem hier braucht man wohl auch keine Motive.«

»Genau das ist es ja gerade.« Stevens stand auf, ging zu einem Schrank hinüber, kam zurück und setzte sich wieder hin. »Hören Sie, Duluth, ich möchte Sie etwas im Vertrauen fragen. Ich bin kein Psychiater. Ich bin nur ein einfacher Arzt, dessen Aufgabe es ist, für Ihr physisches Wohlbefinden zu sorgen. Aber ich bin an dieser scheußlichen Affäre ganz besonders interessiert, und deshalb möchte ich gern wissen, ob Sie irgendeinen Verdacht haben. Natürlich habe ich kein Recht, Sie danach zu fragen, aber...«

»Ich fürchte, ich habe nicht die blasseste Ahnung«, unterbrach ich ihn rasch. »Ich würde es Ihnen sonst bestimmt sagen. Soweit ich meine Leidensgefährten kenne, scheinen sie alle recht harmlos zu sein, und ich würde keinem von ihnen zutrauen, mich zu ermorden.«

Stevens spielte nervös mit seinem Stethoskop. »Das freut mich zu hören, Duluth. Sehen Sie, ich habe einen Verwandten, der hier Patient ist. Es ist mein Halbbruder. Er ist in einen häßlichen Schlamassel geraten, und ich habe ihn überredet, aus Kalifornien hierherzukommen, weil ich sehr viel von Dr. Lenz halte. Jetzt können Sie sicher mein Problem verstehen. Wenn ich wüßte, daß tatsächlich eine echte Gefahr besteht, würde ich ihn nicht hierbehalten wollen. Ich möchte ihn aber auch nicht fortschicken, solange es nicht unbedingt nötig ist. Man ist hier stets sehr anständig zu mir gewesen, und als Mitglied des ärztlichen Stabes habe ich ja auch ein finanzielles Interesse an diesem Sanatorium. Wenn mein Bruder es jetzt verließe, so gäbe das doch ein sehr schlechtes Beispiel ab, nicht wahr? Innerhalb von vierundzwanzig Stunden würden wahrscheinlich auch alle anderen gehen.«

»Ich kann Ihren Standpunkt verstehen«, murmelte ich und wunderte mich wieder einmal über meine plötzliche Fähigkeit, mir das Vertrauen anderer zu erwerben. »Aber als moralischer Berater dürfte gerade ich im Moment wohl denkbar ungeeignet sein.«

»Natürlich, Duluth, ja, ja.« Stevens lächelte flüchtig

und wurde sofort wieder ernst. »Falls Fogartys Tod doch in irgendeinem Zusammenhang mit einem der Patienten hier stehen sollte, so gibt es doch eine ganz einfache Art, die Sache aufzuklären.«

»Wie meinen Sie das?«

»Mit Hilfe der Psychoanalyse. Ich habe es bereits vorgeschlagen, aber Lenz und Moreno wollen davon nichts wissen. Wenn ich mich da einmische, dürfte es mich meine Stellung kosten.« Er schüttelte den Kopf. »Wirklich jammerschade, daß Lenz es nicht versuchen will.«

»Aber wie würde das denn funktionieren?« fragte ich.

»Durch einen elementaren Prozeß der Gedankenassoziation. Ich bin zufällig sehr an diesem so verachteten Bereich der Psychologie interessiert.« Stevens legte das Stethoskop aus der Hand. »Man braucht nur ein paar Worte zu erwähnen, die mit dem Verbrechen im Zusammenhang stehen, und dabei die Reaktion des Patienten zu beobachten.«

»Zum Beispiel Fogartys Namen, wie?« fragte ich und war plötzlich lebhaft interessiert.

»In diesem Falle... nein. Das wäre viel zu gefährlich. Der Patient wird sowieso sehr viel an Fogarty gedacht haben. Nein, damit könnte man höchstens Schaden anrichten. Man muß ungemein behutsam vorgehen.«

»Wie wär's dann mit... *Zwangsjacke?*« fragte ich.

»Ebenfalls ganz entschieden nein.« Ein leises Lächeln spielte um seine Lippen. »In einem Sanatorium dieser Art würde das Wort bei jedem eine heftige Reaktion auslösen. Es müßte schon irgendein Ausdruck sein, der normalerweise keine besondere Bedeutung hat. Aber jetzt reite ich nur auf meinem Steckenpferd herum, Duluth.« Er stand auf und sah ein wenig verlegen drein, als hätte er jetzt erst eingesehen, die Grenzen der Diskretion überschritten zu haben.

»Am besten vergessen Sie das alles wieder«, murmelte er. »Ich bin ein bißchen überreizt, aber Sie wissen ja, daß ich mir Sorgen mache... um meinen Bruder.«

Als ich zum Flügel Zwei zurückging, dachte ich über diesen Halbbruder nach. Welcher meiner Mitpatienten mochte es sein? Dann erinnerte ich mich an Fenwicks kleine Demonstration in der Halle. Ich erinnerte mich, wie Stevens vorgesprungen war und gerufen hatte: »David... David!«

Der Möchtegern-Psychoanalytiker war also der Halbbruder eines Spiritualisten, vermutete ich.

Ich war also so in meine Überlegungen versunken, daß ich überhaupt nicht auf das Mädchen achtete, das vor mir den Fußboden aufwischte. Erst als ich ganz nahe herangekommen war, sah ich es richtig... und da gab es auch keinen Sinn.

Es war Iris Pattison mit einer weißen Schürze und einer schmucken weißen Kappe auf dem schwarzen Haar. Sie handhabte den Mop mit mehr als nur professioneller Konzentration.

»Nicht über den sauberen Teil gehen«, sagte sie, und als sie dabei aufsah, zeigte ihr Gesicht eher Ärger als Traurigkeit.

Aber ich hörte kaum, was sie sagte. Ich war viel zu beschäftigt, sie zu beobachten. Sie mochte zwar nur einen Mop herumschieben, aber es war trotzdem wieder da, dieses Etwas, das den Theatermenschen in mir wachrief.

»Herrlich!« rief ich. »Jetzt mal umdrehen... ja, so ist's recht... nein, nicht so schnell... Kopf etwas mehr nach links ins Scheinwerferlicht... ja, so ist's schon besser.« Ich benahm mich bereits wie auf einer Theaterprobe.

Sie starrte mich an, halb alarmiert, halb enttäuscht, als hätte sie mich für weniger verrückt gehalten als die anderen. Ich achtete gar nicht weiter darauf, sondern packte sie in meiner Aufregung am Arm und sagte: »Haben Sie schon jemals auf einer Bühne gestanden, Miß Pattison?«

»Sie ... Sie gehen jetzt wohl besser«, sagte sie. »Eigentlich dürften Sie jetzt doch gar nicht hiersein.«

»Nicht bevor ich weiß, ob Sie schon mal auf einer Bühne gestanden haben!« beharrte ich.

»Warum? Nein, noch niemals. Und ich weiß, daß ich gar nicht schauspielern könnte.«

»Unsinn! Das kann ich Ihnen schon beibringen. Sie haben nämlich alles andere, was sonst noch so dazugehört, verstehen Sie.« Ich machte eine weitausholende Handbewegung. »Hören Sie, Miß Pattison, Sie werden ja hier eines Tages rauskommen, und dann gedenke ich etwas für Sie zu tun! Mit ein bißchen Geduld könnte ich innerhalb von sechs Monaten wer weiß was aus Ihnen machen! Und ...« Ich brach ab, denn ihr Gesichtsausdruck ließ sich gar nicht falsch interpretieren. »Und ich bin keineswegs verrückt!« fügte ich gereizt hinzu. »Ich bin zufällig tatsächlich Broadway-Theaterproduzent, und ich bin nur zu einer Art Entziehungskur hier, aber es geht mir schon wieder viel besser, und wenn ich etwas sage, dann gilt das auch!«

Ihr Mund bewegte sich zu einem schwachen Lächeln. »Was für eine Erleichterung«, sagte sie. »Einen Moment lang glaubte ich doch wirklich ...«

»Alle Theaterproduzenten sind auf die eine oder andere Weise irgendwie verrückt«, unterbrach ich sie. »Aber, was zum Teufel, machen Sie hier mit einem Mop?«

»Dr. Lenz hat mich aufgefordert, den Korridor zu säubern.« Iris drehte sich um und fuhrwerkte heftig mit dem Mop auf dem Boden herum, als bekäme sie ihre Arbeit bezahlt. Aber Lenz schien sich mit seiner Psychiatrie auszukennen, denn Iris verriet etwas Interesse. Ihre nächsten Worte bestätigten es nur noch mehr.

»Er hat gesagt, ich hätte in meinem ganzen Leben noch nie etwas Nützliches getan. Aber ich muß sagen, daß mir diese Beschäftigung Spaß macht.«

Ich bestätigte ihr, daß sie gute Arbeit leistete.

»Ich habe auch den anderen Korridor schon ganz allein gereinigt!« sagte sie stolz.

Es gab so selten Gelegenheit, einmal mit ihr allein zu sein, daß ich einfach noch nicht gehen konnte. Ich wollte ihr noch tausend Dinge sagen, aber ich konnte plötzlich keine Worte mehr finden. Mir fiel nichts Besseres ein, als auf den Zwischenfall von gestern abend zu sprechen zu kommen. Ich sagte ihr, wie leid es mir täte, daß Fenwicks spiritistische Warnung sie so aufgeregt hatte.

»Oh, das hat mich gar nicht weiter aufgeregt«, sagte sie leise.

»Nein? Was dann?«

Da sie mich jetzt ansah, erkannte ich die Furcht in ihren Augen.

»Ich habe etwas gehört.«

Ich war augenblicklich alarmiert. Die Erinnerung an Fogartys Tod und an all die anderen grotesken Dinge der letzten Tage war plötzlich wieder da.

»Es war eine Stimme«, murmelte Iris. »Ich weiß nicht, woher sie kam, aber ich habe sie ganz deutlich gehört, als alle an mir vorbeirannten. Sie hat sehr leise gesagt: ›Daniel Laribee hat Ihren Vater ermordet. Sie müssen ihn töten.‹«

Sie starrte mich halb bittend, halb trotzig an.

»Ich weiß, daß es zum Teil Mr. Laribees Schuld war. Das verstehe ich. Ich kann mich noch ganz deutlich an alles erinnern. Aber deswegen brauche ich ihn doch nicht zu ermorden, nicht wahr?«

Es hörte sich schrecklich pathetisch an. Mir wurde beinahe physisch übel, wenn ich nur daran dachte, daß nun auch Iris in diese scheußliche Affäre hineingezogen werden sollte. Sie beschwor mich mit stummem Blick, ihr zu helfen, doch ich sah mich dazu so hoffnungslos außerstande. Ich versuchte ihr zu sagen, daß alles nur ein Irrtum sei. Selbst wenn sie diese Stimme gehört haben sollte, hätte sicher nur jemand versucht, sie zu ängstigen.

»Ja«, sagte sie überraschenderweise. »Daran habe ich auch gedacht. Ich glaube nicht an Geister und so. Ich weiß, daß ich mich in einem Nervensanatorium befinde, aber ich weiß auch, daß ich mich auf dem Wege der Besserung befinde. Ich möchte weiter nichts, als in Ruhe gelassen zu werden. Es würde mir auch weiter nichts ausmachen, wenn ich sicher sein könnte, nicht tun zu müssen, was man mir gesagt hat.«

Ich sagte eine Menge dummes Zeug, das beruhigend klingen sollte, aber wahrscheinlich war alles vollkommen falsch. Iris schien mir auch kaum zuzuhören. Sie hatte wieder begonnen, mit dem Mop den Fußboden zu bearbeiten. Erst als ich hinter mir Schritte hörte, sah sie wieder auf und hielt den Mop regungslos in der Hand. Ihre Augen starrten an mir vorbei.

»Sie dürfen ihm nichts sagen«, flüsterte sie atemlos. »Sie dürfen ihm nichts von dieser Stimme sagen. Er würde mich sonst bestimmt in meinem Zimmer einschließen. Er würde mich nicht mehr arbeiten lassen.«

Ich drehte mich um und sah nun ebenfalls in die Richtung, in die sie immer noch wie hypnotisiert starrte.

Eine bärtige, gottähnliche Gestalt kam auf uns zu.

Es war Dr. Lenz.

Fogartys Tod war niemandem im Flügel Zwei bekanntgegeben worden, und wenn sich das Personal auch vollkommen normal benahm, so herrschte doch eine gewisse Unruhe.

Billy Trent hatte Miß Brush schon dreimal gefragt, warum Fogarty nicht zum Dienst gekommen sei. Sie hatte jedesmal eine nichtssagende, unverbindliche Antwort gegeben. Doch ich sah dem Jungen an, daß er sich damit nicht zufriedengab.

Meine Vormittagsbehandlung war ausgefallen, aber als wir von unserem Nachmittagsspaziergang zurückkamen, tauchte Warren auf. Er war müde und ziemlich gereizt, weil er beide Schichten übernehmen mußte. Der große Behandlungsraum war geschlossen. Als war daran vorbeigingen, hörte ich drinnen gedämpfte Geräusche. Wahrscheinlich waren noch einige von Greens Leuten an der Arbeit. Warren brachte mich in die üblicherweise nur wenig benutzte Turnhalle. Da es hier nur wenige Gerätschaften gab, schlug Warren einen kleinen Ringkampf als Übung vor.

Das taten wir dann auch. Jedenfalls Warren. Er behandelte mich rauher, als nötig gewesen wäre. Den Grund erfuhr ich zum Schluß, als ich mir den milden Vorwurf nicht verkneifen konnte, daß er versucht hätte, aus mir eine menschliche Brezel zu machen.

»Na, Sie haben mich ja auch ganz schön in die Klemme gebracht, als sie den Polizisten von meiner Auseinandersetzung mit Fogarty erzählten.«

Seine Offenheit überraschte mich.

»Tut mir leid«, sagte ich. »Aber man hat mich ja ausdrücklich nach allem gefragt.«

»Ja, und ich mußte zwei Stunden lang ihre Fragen beantworten«, sagte er mürrisch. »Ein Glück, daß meine Schwester meine Aussagen bestätigen konnte, sonst säße ich jetzt vielleicht schon hinter Gittern.«

Wir gingen bereits zur Tür, als mir noch etwas einfiel. »Sagen Sie, Warren, warum hat Mrs. Fogarty denn gestern abend geweint?«

Er wirbelte zu mir herum und fragte hitzig: »Worauf wollen Sie denn jetzt schon wieder hinaus?«

Wir standen dicht voreinander. Ich erschrak doch ein wenig vor dem Ausdruck in seinen Augen.

»Auf gar nichts«, sagte ich. »War doch nur 'ne Frage.« Dann ließ ich ihn einfach stehen und suchte das Rauchzimmer auf. Miß Brush führte die Aufsicht, aber die Tagschwester wirkte heute längst nicht so frisch und freundlich wie sonst. Sie wanderte ruhelos herum und hatte fast so etwas wie einen gehetzten Ausdruck in den Augen. Sie vergaß sogar zu lächeln, als Billy Trent sie um Feuer für seine Zigarette bat.

Als ich Fenwick allein in einer Ecke sah, fiel mir plötzlich Stevens' Vorschlag des Experiments mit der Gedanken-Assoziation wieder ein. Ich kam mir ein wenig gemein vor, daß ich damit ausgerechnet bei seinem mutmaßlichen Halbbruder anfangen wollte, aber wenn überhaupt, dann durfte es keine Ausnahmen geben. Ich nahm neben dem jungen Spiritualisten Platz und sagte möglichst schuldbewußt: »Dieses Ding auf der Platte...«

Fenwick drehte sich langsam nach mir um und sah mich aus großen, leuchtenden Augen an.

»Das Ding auf der Platte?« wiederholte er. »Sie meinen eine Manifestation? Es ist oft so beim erstenmal. Ein undefinierbarer Gegenstand schwebt herum. Das haben Sie also auch gesehen! Dann sind Sie auch mit Ihnen in Verbindung!«

Er sprach aufgeregt über Ektoplasma und andere abstruse Dinge. Ich konnte nichts Auffälliges daran finden. Ziemlich beschämt stand ich auf und machte mich davon.

Danach verzichtete ich für eine Weile auf die Anwendung von Psychologie. Ich schnorrte mir von Miß Brush eine Zigarette und schlenderte zu Geddes hinüber, der neben den Bridgetischen in einem Sessel saß. Er hatte in einem Roman gelesen, und als er mich herankommen sah, legte er das Buch aus der Hand.

»Wo haben Sie denn den ganzen Tag gesteckt?« fragte er.

»Oh, ich hatte eben ein Sparring mit Lenz«, sagte ich. »Er hat mich gründlich untersucht und meint, daß ich eine entfernte Chance hätte, mich wieder restlos zu erholen.«

Geddes sprach eine Weile über Polo in Kalkutta. Ich verstand zwar weder etwas von Polo, noch kannte ich Kalkutta, aber sein Gerede wirkte ungemein beruhigend auf mich. Während er weiter erzählte, spielte er mit dem Buch, das er wieder in die Hand genommen hatte.

»Was lesen Sie denn da?« fragte ich ihn, als er einmal eine kurze Pause einlegen mußte.

»Oh, ich lese das gar nicht«, antwortete er. »Ich habe das Buch rein zufällig auf dem Tisch gefunden.«

Er blätterte darin herum, dann stießen wir beide gleichzeitig einen leisen Überraschungsruf aus. Zwischen zwei Blättern lag ein kleines Stück Papier, und darauf war in großen Blockbuchstaben zu lesen:

HÜTET EUCH VOR ISABEL BRUSH
ES WIRD MORD GEBEN

Einen Moment lang sprachen wir beide kein Wort.

»Glauben Sie, daß Fenwick schon wieder einen seiner Tricks versuchen will?« fragte er schließlich.

»Das wissen wohl nur der Himmel und die Astralebene«, entgegnete ich grimmig.

Geddes schlug vor, den Zettel Miß Brush zu zeigen, aber ich riet davon ab. Es dürfte klüger sein, sie herauszuhalten. Wenn überhaupt jemand etwas davon erfahren müßte, dann allenfalls Lenz. Ich schob das Stück Papier in die Tasche und sagte, daß ich mich darum kümmern würde. Geddes schien nur allzu froh zu sein, mit diesem Problem nichts mehr zu tun zu haben.

Ich war ungemein neugierig, für wen dieser Zettel wohl bestimmt gewesen sein mochte, aber ich brauchte nicht lange zu warten. Wir sprachen immer noch darüber, als der alte Laribee hereinkam. Er sah sich im Raum um, dann steuerte er direkt auf uns zu. Mit der gemurmelten Erklärung, etwas vergessen zu haben, griff er nach dem Buch auf dem Tisch.

Geddes und ich sahen einander an. Dann gab ich einer momentanen Inspiration nach und sagte: »Dieses Ding auf der Platte...«

Meine Zuhörer reagierten erschrocken. Geddes starrte mich an, als könnte er seinen Ohren nicht trauen. Laribee stand stocksteif da. Seine Unterlippe zitterte, und er sah aus wie ein kleiner Junge unmittelbar vor einem Tränenausbruch. Mit einiger Mühe bekam er sein Gesicht wieder unter Kontrolle und machte eine dieser herrischen Gesten, die früher vielleicht einmal die Wall-Street zum Zittern gebracht hatten.

»Es soll nichts auf der Platte geben«, sagte er energisch. »Nichts als meinen Namen und Todestag. Und das Begräbnis muß sehr einfach sein. Ich muß sparen...«

Er schüttelte traurig den Kopf, als dächte er über die Vergänglichkeit des menschlichen Daseins nach, dann ging er wieder davon. Wieder einmal hatte ich eine Niete gezogen... und eine ziemlich dumme obendrein.

Kaum waren wir wieder allein, als Geddes sich nach mir umdrehte und mich aus großen Augen erstaunt ansah.

»Du lieber Himmel, warum haben Sie das eben gesagt«, fragte er.

Ich grinste. »Das ist schon in Ordnung. Ich bin keineswegs verrückt. War nur ein dummer Scherz.«

»Oh!« Sein Gesichtsausdruck wechselte von Betroffenheit zu Erleichterung. »Für einen Moment glaubte ich schon, daß der einzige noch einigermaßen Vernünftige unter uns auch übergeschnappt sei.« Er lächelte schüchtern. »Das hätte gerade noch gefehlt, Duluth. Daß ich Sie noch um mich herum habe, ist so ziemlich das einzige, was mich noch im Gange hält.«

»Zwei Waisenkinder im Sturm«, sagte ich. »Da sollten wir lieber zusammenhalten.«

Ich war dankbar, daß er von mir etwas erwartete, aber die Tatsache, daß er sich meinetwegen Sorgen machte, erhöhte nur noch mein Schuldgefühl. Bisher hatte ich mit meiner psychologischen Methode nur drei meiner Mitinsassen verblüfft oder aufgeregt. Ich fand es irgendwie ironisch, daß ich selbst rapide zu einem ›subversiven Einfluß‹ wurde.

Eine ganze Weile saßen wir schweigend da. Geddes drückte schließlich als erster den Gedanken in Worten aus, der uns beide wohl am meisten beschäftigte.

»Dieser Zettel war also für Laribee bestimmt«, murmelte er nachdenklich.

»Ja«, sagte ich. »Er war ihm zugedacht, und ich würde allerhand dafür geben, zu erfahren, warum.«

Geddes strich seinen Schnurrbart und sagte ruhig: »Das gefällt mir nicht, Duluth. Ich habe das Gefühl, daß hier etwas verdammt Komisches vorgeht.«

Ich zuckte die Schultern. »Mit dieser Meinung stehen Sie bestimmt nicht allein da«, stimmte ich zu.

Am Sonntagabend gab es wieder ein geselliges Beisammensein in der großen Halle. Ich benutzte die Gelegenheit, um meinen Trick mit der Phrase *Das Ding auf der Plat-*

te auch bei Miß Powell und dem Dirigenten Stroubel zu probieren, aber leider auch hier ohne nennenswerten Erfolg. Miß Brush brachte uns in den Flügel Zwei zurück, aber während sie sonst stets wartete, bis wir alle im Bett waren, verschwand sie diesmal sofort, kaum daß sie uns gute Nacht gewünscht hatte. Sie machte einen mitgenommenen, nervösen Eindruck.

Warren übernahm die Aufsicht im Rauchzimmer. Er hatte, wie er brummend sagte, am Nachmittag zwei Stunden geschlafen, war aber immer noch sehr müde. Man hatte einen neuen Wärter eingestellt, der morgen früh seinen Dienst antreten sollte.

Ich verließ das Rauchzimmer mit Stroubel zusammen. Als wir über den Korridor gingen, kam Mrs. Fogarty um eine Ecke gelaufen. Als sie uns sah, verzog sie das Gesicht, was bei ihr so gut war wie eine formelle Begrüßung, und wollte an uns vorbeigehen. Stroubel trat jedoch etwas zur Seite und griff nach ihrer Hand. Er starrte die Nachtschwester aus seinen freundlichen, traurigen Augen an.

»Ich möchte mich bei Ihnen entschuldigen«, sagte er. »Ich hätte Sie letzte Nacht nicht belästigen sollen. Ich hätte mit meinem Unglück allein fertig werden müssen. Sie haben Ihr Unglück ja auch für sich behalten.«

Mrs. Fogarty zuckte zusammen.

Ich fand Stroubels letzte Bemerkung ein wenig taktlos, doch dann erinnerte ich mich daran, daß man den Patienten ja bisher nichts von Fogartys Tod gesagt hatte. Stroubels Stimme klang sanft und rührend entschuldigend. Und doch spürte ich wieder einmal diese zwingende Kraft der Persönlichkeit bei diesem Mann.

Mrs. Fogarty mußte es wohl auch gespürt haben, denn sie reagierte instinktiv darauf. Ihr Gesicht hatte sich zunächst etwas verdunkelt, doch nun lächelte sie.

»Sie wissen doch, daß Sie jederzeit nach mir läuten können.«

»Aber dann müssen Sie mir auch erzählen, warum Sie so traurig waren. Ich werde Ihnen helfen.«

Beide schienen meine Gegenwart vergessen zu haben. Stroubel beugte sich etwas vor. Sein Gesichtsausdruck war auf einmal sehr intensiv und eifrig.

»Sie sind auch jetzt wieder unglücklich«, sagte er langsam. »Es ist doch nicht etwa wegen … wegen dieses Dinges auf der Platte?«

Mrs. Fogarty gab einen kleinen, keuchenden Laut von sich. Sie griff mit einer Hand kurz an den Hals und ließ sie wieder schlaff nach unten fallen. Ihre Wangen nahmen eine aschgraue Färbung an.

Ich wußte nicht, was ich jetzt tun sollte. Mein plumpes Experiment schien zu einem Frankenstein-Monstrum geworden zu sein. Es war zu selbständigem Leben erwacht und geriet außer Kontrolle.

Mit äußerster Anstrengung brachte die Nachtschwester ein Lächeln zustande.

»Sie sollten jetzt lieber zu Bett gehen, Mr. Stroubel«, sagte sie leise. »Gute Nacht.«

Der Dirigent zuckte die Schultern, drehte sich langsam um und ging davon.

Mrs. Fogarty und ich blieben allein zurück.

»Es tut mir schrecklich leid«, begann ich, aber ich kam nicht dazu, meinen Satz zu beenden, denn in diesem Augenblick erklangen forsche Schritte hinter uns, und Moreno kam um die Ecke. Er runzelte die Stirn, als er die Nachtschwester sah.

»Ich habe Ihnen doch gesagt, daß Sie heute nicht zum Dienst zu kommen brauchten, Mrs. Fogarty.«

Er sah mich kurz an, dann sofort wieder die Nachtschwester.

»Es ist doch niemand da zu meiner Vertretung, Doktor«, sagte Mrs. Fogarty steif. »Miß Price vom Frauenflügel ist krank. Meine Vertreterin hilft drüben aus.«

»Sie brauchen sich über Personalfragen nicht den Kopf zu zerbrechen. Sie sind doch nicht in der geeigneten Verfassung, jetzt Dienst zu tun. Sie brauchen Ruhe.«

Mrs. Fogarty zuckte die Schultern. »Und die Patienten?«

»Ich habe angeordnet, daß alle Zimmertelefone mit Ihrem Alkoven verbunden werden. Warren wird sowieso Dienst tun. Er kann hierbleiben.«

Ich wußte nicht, ob die Nachtschwester jetzt dankbar, unwillig oder gar wütend war. Sie starrte einen Moment vor sich hin, dann sagte sie sehr leise: »Also gut, Doktor Moreno.« Sie ging rasch weiter.

Moreno sah mich plötzlich scharf an. »Falls es Sie interessiert, Mr. Duluth, die Polizei ist sich über Fogartys Tod im klaren. Das hatte gar nichts mit dem Sanatorium oder mit den Insassen zu tun. Captain Green glaubt, daß die ganze Affäre ein unglücklicher ... äh ... Unfall war.«

Sein Tonfall klang überzeugend, sein Blick war ganz ruhig auf mich gerichtet, aber ich wußte, daß er log.

Als Moreno gegangen war, stellte ich fest, daß alle anderen Patienten sich inzwischen in ihre Zimmer zurückgezogen hatten. Ich ging auf die Schwingtür zu, die zu den Schlafräumen führte, und stieß sie auf. Vor mir sah ich die lange Reihe von Türen. Zu meiner Linken befand sich Mrs. Fogartys kleiner Alkoven im Dunklen. Als ich daran vorbeiging, hörte ich, wie leise mein Name gerufen wurde. Ich schrak zusammen, verspürte einen Anflug von Alarm und verwünschte mich im nächsten Augenblick selbst, weil ich ein so nervöser Narr war.

Es war nur Mrs. Fogartys Stimme gewesen, und sie kam aus dem dunklen Alkoven. »Mr. Duluth!«

Ich überquerte den Korridor und betrat den kleinen Raum. Im schwachen Licht, das vom Gang hereinfiel, konnte ich das eckige Gesicht unter der weißen Kappe erkennen. Die Nachtschwester saß auf einem Tisch neben dem Telefonapparat.

»Was gibt's denn, Schwester?« fragte ich. »Wollen Sie doch Dienst tun?«

»Dr. Moreno hat mir zwar freigegeben, aber mein Bruder hat so wenig geschlafen, daß er sich erst einmal ein paar Stunden ausruhen soll, bevor er mich ablöst.« Sie strich müde mit ihrer knochigen Hand über die Stirn. »Ich habe auch ziemliche Kopfschmerzen. Deshalb sitze ich ja auch im Dunklen hier.«

Es sah Mrs. Fogarty so gar nicht ähnlich, zu einer so ungewöhnlichen Stunde eine banale Unterhaltung mit einem Patienten anzufangen, aber sie hatte ja allen Grund, sich heute einmal etwas anders als sonst zu benehmen.

»Es ist wegen Mr. Stroubel«, sagte sie abrupt, beinahe anklagend. »Sie haben ja selbst gehört, was er gesagt hat ... dieses Ding auf der Platte. Jemand muß ihm etwas vom Tode meines Mannes erzählt haben.« Ihre Augen schimmerten kalt im Halbdunkel. »Und Sie sind der einzige Patient, der etwas davon weiß.«

Wäre ich jetzt nicht so schuldbewußt gewesen, hätte ich mich wahrscheinlich über ihren schulmeisterlichen Tonfall geärgert, aber unter den gegebenen Umständen konnte ich nur wütend auf mich selbst sein, weil ich ihr unnötigen Schmerz verursacht hatte. Ich platzte also mit meiner Geschichte von diesem psychoanalytischen Experiment heraus, gab mir dabei aber jede nur erdenkliche Mühe, die Tatsache zu verbergen, daß es von Dr. Stevens erwähnt worden war. Ich erklärte ihr, daß Stroubel sich damit wohl nur hatte auf sein Klavierspiel beziehen wollen, das er zum besten gegeben hatte, nachdem ich ihm und Miß Powell gegenüber die Phrase *Das Ding auf der Platte* gebraucht hatte. Er war davon zu einer grotesken Komposition angeregt worden. Alle hatten seinem Spiel fasziniert gelauscht. Geddes, Laribee, Dr. Stevens, die Frauen. Sogar Miß Brush und Dr. Moreno waren herangekommen und hatten so dicht nebeneinandergestanden, daß ihre Schultern sich berührt hatten. Nachdem die Musik verstummt war, herrschte lange vibrierendes Schweigen. Niemand rührte sich. Ein leichtes Geräusch veranlaßte mich, zu Miß Powell hinüberzusehen. Und dann hörte ich ganz deutlich, wie sie leise vor sich hin flüsterte: ›Es gibt so herrlich glänzende Messer im Behandlungszimmer... herrlich glänzende Messer... und so leicht zu bekommen... und sie funkeln... und ich kann sie in diesem Musikinstrument verstecken...‹ Mehr hörte ich von diesem unglaublichen Monolog nicht, weil die anderen inzwischen eine lebhafte Unterhaltung begonnen hatten, aber ich sah einen höchst merkwürdigen Ausdruck im Gesicht von Miß Powell. Ihre Augen hatten einen seltsam starren Blick, fast so, als stünde sie unter Hypnose. Ich nahm mir vor, über meine Beobachtung bei nächster Gelegenheit einmal mit Dr. Lenz zu sprechen.

»Ich verstehe ja, daß Sie es nicht bös gemeint haben, Mr. Duluth«, hörte ich Mrs. Fogarty sagen. »Ich werde es auch nicht melden, aber tun Sie so etwas bitte nicht wieder. Der Tod meines Mannes war ein großer Schock für mich. Ich könnte es nicht ertragen, wenn jetzt auch noch die Patienten beunruhigt würden.«

»Ich gebe zu, mich wie ein verdammter Narr benommen zu haben«, stimmte ich zu. »Ich kann nur hoffen...« Ich brach ab, als das Telefon schrillte. Mrs. Fogarty erschrak ebenfalls kurz, dann hob sie den Hörer ab.

»Hallo...? Wer ist denn da?«

Ich trat instinktiv etwas näher heran. Mein Blick war starr auf den Hörer gerichtet. Und dann hörte ich eine Stimme antworten. Sie klang kaum menschlich, sehr leise und verzerrt, aber ich konnte die Worte doch so deutlich verstehen, als wären sie mir direkt ins Ohr geflüstert worden.

»Ich bin das Ding auf der Platte!«

Es war das entnervendste Erlebnis meines bisherigen Lebens. Ich stand vollkommen regungslos da und wurde mir kaum bewußt, wie Mrs. Fogarty mit zitternden Fingern den Hörer wieder auflegen wollte und leise vor sich hin zu schluchzen begann.

Impulsiv riß ich ihr den Hörer aus der Hand und rief in die Muschel: »Wer ist denn dort? Was wollen Sie?«

Totenstille, dann wieder dieses heisere Flüstern. Die Stimme kam mir irgendwie bekannt vor, aber ich konnte sie mit keiner bestimmten Person in Verbindung bringen.

»Es wird noch ein anderes Ding auf der Platte geben, Duluth. Und geben Sie acht, daß Sie es nicht sind!«

Meine Lippen formten eine Antwort, doch am anderen Ende der Leitung machte es klick. Wie benommen legte ich den Hörer auf und sah Mrs. Fogarty an. Die Nachtschwester hockte vornübergebeugt da und hatte beide Hände vors Gesicht geschlagen.

»Es tut mir furchtbar leid«, sagte ich schließlich. »Das alles ist meine Schuld. An Sie habe ich nicht gedacht.«

»Ist schon gut, Mr. Duluth.«

»Wir sollten feststellen, woher dieser Anruf kam.«

Langsam hob Mrs. Fogarty den Kopf. Ich sah, wie ihre tief in den Höhlen liegenden Augen funkelten.

»Das können wir nicht, Mr. Duluth. Alle Zimmertelefone des Männerflügels sind mit diesem Apparat hier verbunden, genau wie die Personalunterkünfte. Der Anruf hätte von überallher gekommen sein können.«

»Aber haben Sie denn die Stimme nicht erkannt?«

Die Nachtschwester stand auf. Sie griff mit einer Hand nach meinem Arm, und ich spürte, wie ihre Finger zitterten.

»Hören Sie, Mr. Duluth«, sagte sie plötzlich sehr streng. »Sie haben da etwas sehr Dummes und auch sehr Gefährliches getan. Das sollte Ihnen eine Lehre sein. Ich habe jedoch nicht die Absicht, es zu melden. Es hat schon mehr als genug Ärger gegeben. Und« – ihre Stimme sank zu einem kaum hörbaren Flüstern herab – »ich glaube, daß wir diesen Zwischenfall am besten vergessen, nicht nur in Ihrem, sondern auch in meinem Interesse.«

Ich verstand sie nicht.

»Aber wenn Sie die Stimme erkannt haben, Mrs. Fogarty...«

»Also gut«, unterbrach sie mich scharf und trotzig. »Vielleicht verstehen Sie etwas besser, wenn ich Ihnen sage, daß ich sie tatsächlich erkannt habe!«

»Wer war es, Mrs. Fogarty?« fragte ich leise.

Sie gab zunächst keine Antwort, dann stammelte sie: »Ich... nun... ich höre ein bißchen schlecht... und ich hatte einen sehr anstrengenden Tag... vielleicht habe ich nur deswegen geglaubt, es zu hören... und deshalb könnte ich es auch niemals den Behörden melden... sehen Sie...« Sie brach ab, und plötzlich glaubte ich zu wissen, was sie meinte. Ich spürte, wie sich meine Nackenhaare zu sträuben begannen.

»Jawohl, Mr. Duluth«, fuhr sie fort. »Wenn ich davon auch nur ein Wort erwähnte, würden mich alle für verrückt halten. Sehen Sie, diese Stimme am Telefon... wenn ich nicht genau gewußt hätte, daß er tot ist... also, ich hätte schwören können, daß es mein Mann gewesen war, der eben am Telefon mit mir gesprochen hat!«

Ich weiß nicht mehr, wie lange ich wach im Bett gelegen hatte, aber ich war gerade am Einschlafen, als ich Schritte hörte. Sofort war ich wieder hellwach. Die Schritte kamen immer näher. Jetzt hielten sie vor meiner Tür an. Ich fuhr mit einem Ruck im Bett hoch. Die Tür wurde langsam geöffnet. Ich sah einen Lichtspalt, das Fragment einer Silhouette. Dann klappte die Tür wieder zu. Ich gab keinen Laut von mir. Die Gestalt kam auf das Bett zu. Ich spürte, wie mir der kalte Schweiß auf der Stirn ausbrach. Dann hörte ich eine Stimme fragen: »Sind Sie wach, Duluth?«

Die Erleichterung war so groß, daß ich beinahe aufgelacht hätte. Es war nur der alte Laribee. Er zog einen Stuhl ans Bett heran und setzte sich.

»Ich möchte mit Ihnen sprechen, Duluth«, flüsterte er.

Meine Angst war verschwunden. Ich war jetzt nur noch neugierig. »Aber wie sind Sie denn an Warren vorbeigekommen?«

»Er schläft im Alkoven.«

»Also, was wollen Sie?«

Er lehnte sich vor, bis sein Gesicht so dicht vor mir war, daß ich das Funkeln in seinen Augen erkennen konnte.

»Ich bin nicht verrückt«, sagte er. »Das weiß ich jetzt ganz genau, und ich möchte, daß Sie das auch wissen.«

»Gut für Sie«, sagte ich nicht gerade sehr überzeugt.

Aber er hatte kaum eine Antwort von mir erwartet, denn er fuhr bereits hastig fort: »Ein paar Tage lang habe ich wirklich geglaubt, verrückt zu werden ... als ich nachts diesen Ticker hörte ... und beim Spaziergang die Stimme meines Börsenmaklers. Das konnte ja einen Mann auch verrückt machen, nicht wahr? Aber dann haben Sie die Stoppuhr in meiner Tasche gefunden. Ich habe darüber nachgedacht, und jetzt begreife ich, daß alles nur ein Trick war. Man wollte mich absichtlich erschrecken.«

Ich zog die Bettdecke bis zum Kinn hoch und wartete.

»Ich kenne jetzt ihr kleines Spiel«, fuhr er atemlos fort. »Ich weiß jetzt, warum sie mir Angst und Schrecken einjagen wollen. Soll ich's Ihnen erzählen?«

»Unbedingt.«

»Als ich hierherkam, glaubte ich, finanziell ruiniert zu sein. Alles schien zusammenzubrechen. Aber ich wußte, daß noch etwas übrig war, doch auch das hätte ich verloren, wenn ich weiter an der Börse spekuliert hätte. Aber ich konnte von mir aus einfach nicht damit aufhören. Deshalb ließ ich mein restliches Vermögen treuhänderisch verwalten und ernannte Dr. Lenz zu einem der Treuhänder.«

Laribee schien in mir nur einen Zuhörer zu sehen, also blieb ich stumm.

»Er sollte im Falle meines Todes die Kontrolle über ein Viertel meines Besitzes haben«, fuhr Laribee fort. »Oder falls ich wirklich verrückt werden sollte.« Jetzt klang in seiner Stimme so etwas wie Verschlagenheit mit. »Ich dachte, dann würde er sich besser um mein Geld und um mich kümmern. Sehen Sie, ich hielt mich doch nicht mehr für reich genug, um irgendeine Gefahr in diesem Arrangement zu sehen. Deshalb habe ich's ja so gemacht.«

Er schien es für besonders gerissen von seiner Seite zu halten, aber für mich hörte es sich einfach verrückt an.

»Ja, damals dachte ich doch, ruiniert zu sein«, fuhr er fort. »Aber jetzt bin ich reich. Ich habe noch über zwei Millionen. Und das weiß Lenz auch. Wenn ich also verrückt werde, bekommt er eine halbe Million für sein Sanatorium. Eine halbe Million! Na, jetzt verstehen Sie, was? Das ist ein Haufen Geld, Duluth. Aber ich habe inzwischen noch etwas anderes herausbekommen. Das gesamte Personal hier hat ein finanzielles Interesse an der

Anstalt. Jetzt sehen Sie also, warum man versucht, mich zum Wahnsinn zu treiben!« Er lachte. »Als ob sie damit Erfolg haben könnten! Mann, ich bin geistig genauso gesund wie irgendein anderer Finanzier der Wall-Street!«

In diesem Punkt dürfte er recht haben, aber es war doch einigermaßen schwierig für mich, mir darüber klarzuwerden, inwieweit er in anderer Hinsicht verrückt sein mochte. Ich wußte auch nicht so recht, ob er mir leid tun sollte. Ich mochte ihn nicht. Wenn ich an Iris' trauriges Gesicht dachte, dann haßte ich ihn beinahe. Aber er war schließlich nur ein alter und wehrloser Mann.

»Jetzt werden sie mich nicht mehr für dumm verkaufen können«, sagte er plötzlich. »Ich bin immer noch geistig vollkommen normal... und ich habe ein neues Testament gemacht! Meine Tochter sollte über eine Million bekommen, falls ich wahnsinnig geworden wäre. Sie hätte also bestimmt nichts dagegen unternommen. Sie nicht! Nein, Duluth, sie nicht!« Er sah mich aufgeregt an, als erwartete er jetzt von mir irgendeine Bemerkung. Mir fiel jedoch nichts ein, weshalb ich nur etwas vor mich hin knurrte.

»Ich habe hunderttausend Dollar für die Erziehung dieses Mädchens ausgegeben«, fuhr er grollend fort. »Und was macht sie? Geht nach Hollywood und will Filmstar werden! Nennt sich Sylvia Dawn. Der alte Name war gut genug für mich. Und sie hat nicht ein einzigesmal daran gedacht, mich zu besuchen, als ich krank war, Duluth. Oh, nein! Für sie zählte immer nur ihre Karriere, aber nicht ihr Vater! Nein, ich überhaupt nicht!«

Laribee sprach jetzt mehr zu sich selbst als zu mir.

»Aber sie hat nicht viel von ihrer Karriere gehalten, als sie im letzten Sommer diesen Knicker heiratete! Erst hat sie mir ja was von 'nem Mediziner vorgesponnen, aber dann stellte sich heraus, daß er nur ein Schmierenkomödiant ist!« Seine Hände trommelten auf meine Bettdecke. »Dan Laribees Tochter heiratet so einen Kerl! War wohl nur hinter ihrem Geld her, nehme ich an. Na, ich werde ihnen beiden einen Streich spielen! Keinen Penny bekommen sie von mir!«

Er lachte gehässig auf, dann fügte er verschmitzt hinzu: »Miß Brush dagegen – sie ist bestimmt nicht der Typ von Mädchen, das nur des Geldes wegen heiratet, nicht wahr, Duluth?«

Ich sagte, daß ich darüber noch nie nachgedacht hätte.

»Sind ja alle hinter ihr her, Moreno, Trent, alle! Sind eifersüchtig. Aber sie mag ja nur mich. Sie liebt mich wirklich, Duluth.« Er beugte sich noch weiter vor, so daß er mir jetzt beinahe ins Ohr sprach. »Und ich werde Ihnen ein Geheimnis verraten, Duluth. Wir werden heiraten. Sowie ich hier rauskomme, werden wir heiraten.«

Ort und Zeitpunkt kamen mir für einen Glückwunsch zwar reichlich komisch vor, aber ich tat mein Bestes.

»Ich wußte ja, daß Sie mitfühlendes Verständnis aufbringen würden, Duluth, und ich weiß, daß Sie auch verstehen werden, was ich nun getan habe.« Er warf einen verstohlenen Blick zur Tür hinüber. »Ich habe mein Testament geändert. Ich werde alles Isabel hinterlassen. Deshalb bin ich hergekommen. Ich habe das Testament mitgebracht. Und Isabel hat mir ihren Füllfederhalter geliehen. Ich möchte, daß Sie das Testament als Zeuge unterschreiben. Aber wir müssen vorsichtig sein.« Er lachte schrill auf. »Sie würden doch alles tun, mich daran zu hindern, wenn sie etwas davon wüßten. Alles würden sie tun! Ich glaube, sie würden mich sogar ermorden!«

Ich konnte mir über meine eigene Reaktion nicht so recht klarwerden. Laribee kam mir wilder und verrückter vor, als ich ihn je zuvor gesehen hatte, aber es lag auch Logik in allem, was er gesagt hatte.

»Sie könnten mich jetzt vielleicht fragen, warum ich diese Anstalt nicht einfach verlasse«, flüsterte er. »Nun, ich kann doch Isabel nicht allein und schutzlos hier zurücklassen! Es bestünde doch auch Gefahr für sie, wenn man alles wüßte. Sehen Sie, alle wollen sie doch haben ... und alle wollen auch das Geld haben!«

Er fummelte in der Tasche seiner Pyjamajacke herum und brachte ein Stück Papier zum Vorschein.

»Hier ist das Testament. Sie brauchen weiter nichts zu tun, als meine Unterschrift zu bestätigen.«

»Also gut, ich werde unterschreiben«, antwortete ich. »Aber zuvor möchte ich mir doch erst einmal alles durchlesen.«

»Ja, ja, natürlich.« Laribee fummelte schon wieder eifrig in seiner Tasche herum und brachte einen kleinen Gegenstand zum Vorschein. »Ich habe Zündhölzer mitgebracht, eine ganze Schachtel!«

Ich war verblüfft. Man hielt uns hier doch alle für potentielle Pyromanen. An Zündhölzer war für uns genauso schwer heranzukommen wie an Schnaps.

»Ich habe sie von Isabel«, erklärte Laribee. »Genau wie den Füllfederhalter.« Er riß ein Zündholz an und hielt es dicht über das Papier. Hastig las ich die hingekritzelten Zeilen. Am meisten interessierte mich der letzte Teil:

> *Mein gesamter Besitz fällt an meine Frau Isabel Laribee, geb. Brush, oder – falls mein Ableben eine Heirat verhindern sollte – an Isabel Brush ...*

Die ganze Sache kam mir doch ein wenig ominös vor. Das Zündholz war heruntergebrannt. Ein anderes wurde angerissen. Laribee drückte mir Miß Brushs Füllfederhalter in die rechte Hand und sagte beinahe triumphierend: »Unterschreiben Sie hier, Duluth ...«

Ich kritzelte meinen Namen auf die angegebene Stelle. Das Zündholz erlosch. Dunkelheit umgab uns wieder. Ich erinnerte mich an eine grundlegende Vorschrift bei der Abfassung eines Testaments. »Sie werden noch einen Zeugen brauchen, Laribee«, sagte ich. »Jedes Testament muß von zwei Zeugen beglaubigt werden, nicht wahr?«

In seiner Aufregung schien Laribee das ganz vergessen zu haben. Zufrieden hatte er das Papier zusammenfalten wollen, aber nun fragte er stotternd: »Ja... was... was machen wir denn da, Duluth? Was sollen wir tun?«

Es hörte sich so traurig, so enttäuscht an, daß er mir doch leid tat. Deshalb sagte ich: »Ich werde Ihnen morgen einen zweiten Zeugen beschaffen, Laribee. Geddes ist ein netter Kerl. Er wird's bestimmt tun, das weiß ich.«

»Morgen? Oh, ich kann's nicht bis morgen aufschieben! Wir müssen schnell handeln. Verstehen Sie das denn nicht? Schnell und heimlich!« Laribee tastete im Dunkeln nach meinem Arm und beschwor mich. »Holen Sie Geddes sofort, Duluth, ja? Bitte, holen Sie ihn gleich her!«

Die Idee, einen Patienten mitten in der Nacht zu wekken, gefiel mir zwar ganz und gar nicht, aber nachdem ich mich so weit auf diese Sache eingelassen hatte, würde ich sie eben auch zu Ende bringen müssen. Ich sprang aus dem Bett und ging zur Tür, öffnete sie einen Spalt und sah vorsichtig auf den Korridor hinaus. Im Alkoven brannte Licht. Warren hockte auf einem Stuhl, hatte einen Ellbogen auf die Tischplatte gestemmt und das Kinn in die Hand gestützt. Es war einfach, unbeobachtet in Geddes' Zimmer zu schlüpfen, aber es war gar nicht so einfach, ihn zu wecken. Ich mußte ihn heftig an der Schulter rütteln, bevor er reagierte. Als er endlich wach wurde, stieß er einen kleinen Angstschrei aus und zuckte vor mir zurück. Ich wußte, daß Geddes aufgrund seiner

Narkolepsie unter Alpträumen litt und sich im Dunkeln fürchtete. Ich kam mir ziemlich gemein vor.

»Alles in Ordnung«, flüsterte ich. »Ich bin's nur... Duluth!« Hastig erklärte ich ihm die Situation, aber er schien alles nur sehr schwer zu begreifen. Ich konnte es ihm nicht verdenken. Auch mir kam die Sache jetzt noch verrückter vor als vorhin.

»Aber Laribee ist so schrecklich aufgeregt«, schloß ich ziemlich lahm. »Und da hielt ich es eben für angebracht, ihm zu helfen.«

Der Engländer akzeptierte schließlich die außergewöhnlichen Umstände, und wir schlichen auf Zehenspitzen in mein Zimmer zurück, wo Laribee auf uns wartete. »Hier müssen Sie unterschreiben, Geddes!« sagte er. »Unterschreiben Sie mein Testament!« Mit zitternden Fingern riß er noch ein Zündholz an und reichte Geddes den Füllfederhalter. Der Engländer gähnte, drückte das Papier an eine Wand und kritzelte seinen Namen.

»Und jetzt Sie noch mal, Duluth«, drängte der Alte. »Mir ist eben eingefallen, daß jeder Zeuge in Gegenwart des anderen unterschreiben muß.«

Ich wiederholte die Prozedur. Laribee faltete das Papier rasch zusammen und steckte es ein. Geddes ging zur Tür und wollte gerade nach dem Drücker langen, als die Tür langsam geöffnet wurde. Geddes trat instinktiv zurück. Wir alle taten es und starrten auf die schlanke Gestalt, die nun hereinkam. Im schwachen Lichtschein vom Korridor her erkannte ich David Fenwick. Er machte die Tür sofort wieder hinter sich zu, blieb stocksteif stehen und sagte leise: »Ich habe Stimmen gehört... Stimmen.«

Ich staunte nicht schlecht, daß er uns gehört haben wollte, sein Zimmer lag weiter unten auf dem Korridor, aber Leute, die auf Geisterstimmen lauschen, haben wohl ein besonders empfindliches Gehör, dachte ich.

Keiner schien zu wissen, was er jetzt sagen sollte. Wir standen alle eine ganze Weile stumm da. Fenwick drehte sich langsam nach Laribee um, der unwillkürlich das Testament wieder aus der Tasche geholt hatte und es nun fest in der rechten Hand hielt. Die Augen des jungen Mannes im blauseidenen Pyjama funkelten sogar in der Dunkelheit.

»Was haben Sie denn da in der Hand, Laribee?« fragte er.

Der Millionär schien wie betäubt zu sein, ließ den Arm sinken und murmelte mechanisch: »Das ist mein Testament.«

»Ihr Testament! Sie bereiten sich also auf den Tod vor.«

»Tod?« wiederholte Laribee, dann verstummte er.

Das Wort dröhnte wie ein Echo in meinen Ohren nach.

Fenwick drehte sich steif nach der Tür um. Er bewegte sich wie ein Automat, und auch seine Stimme klang seltsam flach.

»Sie kennen die Warnung. Ich habe sie an euch alle weitergegeben. Sie brauchen nicht zu sterben, wenn Sie auf die Geister hören und sich vor Miß Brush hüten!« Er schlüpfte auf den Gang hinaus. Wir hörten ihn noch sagen: »Hüten Sie sich vor Miß Brush! Es wird Mord geben!«

Wir drei standen immer noch da wie vom Donner gerührt, als draußen auf dem Korridor plötzlich schnelle Schritte aufklangen und eine laute Männerstimme rief: »He... Sie da!«

Dann wurde die Tür erneut aufgerissen und das Licht eingeschaltet. In der blendenden Helligkeit sah ich Warren auf der Schwelle stehen. Mit einer Hand umklammerte er Fenwicks zartes Handgelenk. Mißtrauisch sah er sich im Zimmer um.

»Was ist hier los?« fragte er mürrisch.

Wir reagierten wie Schulkinder, die bei einem mitternächtlichen Streich erwischt worden waren. Laribee hatte das Blatt Papier und den Füllfederhalter blitzschnell in seiner Pyjamatasche verschwinden lassen. Ich wußte nicht, ob der Nachtwärter etwas davon gemerkt hatte.

»Na, was ist hier los?« wiederholte Warren grollend.

Weder Geddes noch Laribee sagten etwas. Jemand mußte aber etwas sagen, und so zuckte ich schließlich die Schultern und murmelte so beiläufig wie nur möglich: »Wir wollten uns nur noch ein bißchen unterhalten, Warren, weil wir noch nicht schlafen konnten.«

Das Wetter hatte sich verschlechtert. Als wir von unserem Nachmittagsspaziergang zurückkamen, ballten sich dunkle Wolken am Himmel, und es sah ganz so aus, als bekämen wir Sturm.

Die Patienten reagierten stets sehr empfindlich auf schlechtes Wetter. So waren wir an diesem Nachmittag alle nervös und gereizt, und ich war froh, als Geddes schließlich eine Partie Squash vorschlug, eine Art Tennis mit weichem Ball in einem von hohen Wänden umgebenen Raum. Miß Brush erteilte uns die Erlaubnis, und wir zogen uns um. John Clarke, der neue Wärter, schloß uns die Tür des kleinen Gebäudes auf, das in einer Ecke des Hofes stand. Nach der ersten Partie schlug ich eine zweite vor, doch Geddes wollte sich erst ein bißchen ausruhen. Ich hatte den Eindruck, daß ihn irgend etwas sehr stark beunruhigte. Plötzlich sagte er: »Sind Sie letzte Nacht in mein Zimmer gekommen, Duluth? Oder habe ich das nur geträumt?«

»Nein, ich war bei Ihnen.«

»Und es ging tatsächlich um diese Geschichte mit Laribees Testament?«

»Ganz recht.«

»Es ist also wirklich alles passiert«, murmelte er, und es hörte sich an, als hätte er das Gegenteil erhofft. »Ich muß endlich fort von hier, Duluth!«

»Sie glauben wohl nicht mehr, daß man Sie hier heilen kann, wie?«

»Oh, darum geht's eigentlich weniger. Sehen Sie, ich habe ja kaum damit gerechnet, daß man mich hier auskurieren würde. Erst dachte ich ja, daß meine Nerven mir wieder mal einen Streich gespielt hätten, aber nachdem Sie mir eben bestätigt haben, daß der erste Teil gestimmt hat, wird der zweite Teil wohl auch stimmen. Dann kann das auch kein Traum gewesen sein.«

Ich verstand ihn nicht, hatte aber plötzlich ein höchst unbehagliches Gefühl. Deshalb nickte ich nur.

»An die Vorgänge in Ihrem Zimmer erinnere ich mich nur sehr vage«, fuhr Geddes fort. »Aber ich weiß, daß Warren mich wieder zu Bett gebracht hat. Aus irgendeinem Grunde hatte ich Angst. Ich habe lange wachgelegen, und dann ist's passiert, Duluth. Es kommt mir noch jetzt so verdammt unmöglich vor, und wahrscheinlich werden Sie's mir auch nicht glauben.«

»Sprechen Sie nur weiter.«

»Ja, also ich lag so halbwach da, als ich diese gottverdammte Stimme meinen Namen rufen hörte.«

»Du lieber Himmel!«

»Aber das ist noch nicht alles. Ich hatte plötzlich das Gefühl, nicht allein in meinem Zimmer zu sein.«

Ich begriff, daß er ja nichts davon wußte, daß verschiedene andere Leute auch schon diese Stimme gehört hatten. Er wußte ja nicht einmal, daß ich sie gehört hatte. Und so konnte ich mir recht gut vorstellen, wie ihm zumute gewesen sein mußte.

»Ich weiß, daß sich das alles für Sie wie eine Gespenstergeschichte anhören wird, Duluth.« Er zuckte die

Schultern. »Aber diese Gestalt kam an mein Bett heran. Ich konnte sie ganz deutlich sehen.«

»Ein Mann oder eine Frau?« fragte ich scharf.

»Das konnte ich nicht erkennen. Um die Wahrheit zu sagen, Duluth, ich habe wie ein Idiot am ganzen Leib gezittert. Aber ich habe gehört, was sie gesagt hat... leise, doch sehr klar und deutlich... *›Es wird noch ein anderes Ding auf der Platte geben, Martin Geddes. Fogarty war der erste. Sie, Laribee und Duluth werden die nächsten sein.‹«*

Einen Moment lang war es totenstill auf dem Squash-Court.

»Natürlich hätte es wieder einmal Fenwick mit einem seiner Geister-Tricks sein können«, murmelte Geddes schließlich. »Aber es hörte sich so gräßlich an und auch so ernst. Ich hätte Warren über das Haustelefon rufen können, aber...«

»Ich weiß genau, wie Ihnen zumute gewesen sein muß«, unterbrach ich ihn rasch und spürte dabei, wie mir ein eiskaltes Prickeln über den Rücken rieselte.

»Aber Ihnen mußte ich es erzählen, Duluth, weil ja auch Ihr Name erwähnt wurde... und dazu diese komische Phrase, die Sie benutzt haben... *das Ding auf der Platte.* Was hat das alles eigentlich zu bedeuten, Duluth?«

Er sah mich durchdringend an. Ich konnte nur zurückstarren, weil mir im Moment keine passenden Worte einfallen wollten.

»Und die Gestalt hat doch auch Fogarty erwähnt und behauptete, er wäre der erste gewesen. Er macht im Moment keinen Dienst mehr. Glauben Sie, daß ihm etwas zugestoßen sein könnte?«

Auf eine Art war ich froh, daß Geddes nichts von meiner grausigen Entdeckung im Massageraum wußte.

»Er wird wohl krank sein«, antwortete ich ausweichend.

»Krank? Na ja, vielleicht ist er wirklich krank.« Geddes drehte den Schläger zwischen den Händen. »Aber das ist als Erklärung nicht gut genug, Duluth. Vielleicht hat Fogarty es genau wie wir mit der Angst zu tun bekommen und ist ohne Kündigung gegangen. Jedenfalls geht hier irgend etwas vor, und Sie und ich sind irgendwie in diese Geschichte verwickelt. Ich bin nicht gerade ein Feigling, Duluth, und ich fürchte mich vor keiner Gefahr, wenn ich weiß, worin diese Gefahr besteht. Aber das hier ... das ist doch alles so sinnlos ... nicht greifbar. Man hat einfach keine Chance, dagegen zu kämpfen. Deshalb will ich endlich fort von hier.«

Das konnte ich ihm nachfühlen. Nach dieser zweiten, wenn auch nur indirekten Warnung wäre auch ich am liebsten gegangen und hätte mich wieder in den Frieden und in die Sicherheit des Alkoholismus zurückgezogen. Aber ich hatte einen Grund zum Bleiben. Ich wollte Iris nicht allein hier zurücklassen. Jemand mußte sich um sie kümmern, und ich war eingebildet genug, mir einzureden, ihr helfen zu können. Ich kannte niemanden hier, dem ich Iris hätte anvertrauen wollen. Und sie hatte diese Stimme ja auch schon gehört. Sie befand sich also ebenfalls in Gefahr.

»Da war diese verrückte spiritistische Warnung von Fenwick«, fuhr Geddes leise fort. »Und dann dieses Stück Papier in Laribees Buch. Ich bin überzeugt, daß man es auf Laribee abgesehen hat. Aber was hat das mit uns zu tun?«

Plötzlich kam mir ein Gedanke.

»Vielleicht hat es etwas mit diesem Testament zu tun. Immerhin haben Sie und ich als Zeugen unterschrieben. Es täte mir schrecklich leid, wenn ich Sie in diese Sache hineingezogen haben sollte.«

Geddes dachte einen Moment nach.

»Das Testament kann's nicht sein. Als ich diese Stimme vor zwei Tagen zum erstenmal hörte, war doch von diesem Testament überhaupt noch nicht die Rede. Nein, es muß sich um etwas anderes handeln. Man muß etwas gegen uns persönlich haben.«

Wir sprachen beide eine ganze Weile kein Wort.

»Da wir beide in dieser Sache drinstecken«, meinte Geddes schließlich, »sollten wir auch gemeinsam versuchen, den Dingen hier auf den Grund zu kommen. Ich gebe mir noch zwei Tage Zeit, wenn wir dann nichts erreicht haben, verlasse ich die Klinik.«

»Einverstanden, was unsere Partnerschaft betrifft«, sagte ich. Zugleich wurde ich mir aber bewußt, daß ich in mehreren Punkten moralisch zum Schweigen verpflichtet war. Da wir beide keine Lust zum Weiterspielen verspürten, verließen wir den Court. Geddes war gerade im Haus verschwunden, als ich die beiden anderen herauskommen sah. Ich erkannte sofort Daniel Laribee und John Clarke. Zu meiner Überraschung war Laribee zum Squash umgezogen. Clarke nickte mir freundlich zu und murmelte etwas davon, im Auftrag von Miß Brush mit dem Finanzier eine Partie Squash spielen zu sollen. Er ging hinein, um den Court vorzubereiten, Laribee blieb neben mir stehen, wartete, bis der Wärter verschwunden war, und flüsterte mir dann zu: »Ich habe heute nacht vergessen, Ihnen noch etwas zu sagen. Sie dürfen kein Wort von den Zündhölzern erwähnen, hören Sie? Niemand weiß, daß ich sie genommen habe, nicht einmal Isabel. Ich habe die Schachtel genommen, als Isabel mir den Füllfederhalter gab. Sie wäre bestimmt sehr böse, wenn sie etwas davon wüßte.«

Reichlich erstaunt gab ich ihm das Versprechen. Sein Blick war immer noch auf die offene Tür vom Squash-Court gerichtet.

»Ich traue diesem neuen Wärter nicht so recht«, sagte er nervös.»Er drückt sich dauernd in meiner Nähe herum. Ich glaube, er ahnt etwas von diesem Testament.«

Bevor ich Zeit hatte, etwas zu sagen, brachte er bereits ein zusammengefaltetes Papier zum Vorschein.

»Ich trage es immer bei mir«, murmelte er. »Aber jetzt ist's zu gefährlich. Ich möchte, daß Sie es für mich in Verwahrung nehmen, Duluth.« Er schob mir das Blatt zwischen die Finger. »Vielleicht werden sie mich töten. Sie könnten alles tun, um es mir abzunehmen...«

»Alles fertig, Mr. Laribee!« rief Clarke vom Court herüber.

»Heben Sie es gut und sicher auf, Duluth«, hauchte der alte Mann beschwörend. »Sie müssen es verwahren. Sie sind der einzige, dem ich hier trauen kann!«

Als John Clarke erneut rief, eilte der Alte rasch davon.

Ich dachte an Laribees Bemerkung über den neuen Wärter und erinnerte mich, daß mir Clarkes Gesicht irgendwie bekannt vorgekommen war, als er mich heute früh geweckt hatte. Ich hatte ihn gefragt, ob ich ihn nicht schon einmal irgendwo gesehen hätte, doch das hatte er grinsend verneint. Und doch, ich konnte mir nicht helfen, aber dieser noch so erstaunlich junge Mann erinnerte mich irgendwie an jemanden.

Ich war sehr nachdenklich, als ich meinen Weg zum Flügel Zwei fortsetzte.

Auf dem Rückweg mußte ich am Haupteingang des Sanatoriums vorbei. Ich war immer noch ziemlich mißgestimmt, weil Laribee mir so plötzlich sein Testament in die Hand gedrückt hatte, denn ich war mehr und mehr überzeugt, daß diesem Dokument eine ganz besondere Bedeutung in diesem Gewirr von Mysterium und Gefahr zukam, das uns alle hier umgab.

Ich war froh, als ich Dr. Lenz auftauchen sah, und ich beschloß, diese günstige Gelegenheit dazu zu benutzen, einen Teil der Verantwortung, die mir inzwischen aufgebürdet worden war, auf seine Schultern abzuwälzen. Lenz war zum Ausgehen gekleidet und trug eine schwarze, bauchige Aktentasche unter dem Arm.

Obwohl mir vieles nur im strengsten Vertrauen mitgeteilt worden war, gab es doch auch einiges, woran keinerlei Bindungen geknüpft waren. Darüber wollte ich jetzt einmal mit Lenz sprechen.

Seine große, bärtige Gestalt schritt mit professioneller Würde auf die Haustür zu. Ich eilte ihm nach und zwang ihn, von mir Notiz zu nehmen. »Guten Tag, Dr. Lenz«, sagte ich freundlich.

Er blieb stehen und lächelte nachsichtig. »Ah, Mr. Duluth! Freut mich, daß Sie sich ein bißchen Bewegung verschafft haben.«

Ich lächelte zurück. »Hätten Sie wohl ein paar Minuten Zeit für mich, Dr. Lenz?«

Der Direktor warf einen kaum wahrnehmbaren Blick auf seine Armbanduhr. »Gewiß, Mr. Duluth. Aber Sie sind überhitzt und sollten nicht hier im Zug herumstehen.« Eine gottähnliche Geste deutete auf die offene Tür eines Besucher-Wartezimmers. »Kommen Sie, lassen Sie uns dort hineingehen.«

Er führte mich in den Raum und machte die Tür sorgfältig hinter sich zu. Seine grauen Augen musterten mich mit freundlicher Strenge.

Ich kam sofort zur Sache. »Sie haben mir kürzlich gesagt, daß ich mich vielleicht ein bißchen nützlich erweisen könnte, Dr. Lenz; daß Sie irgendeinen subversiven Einfluß hier im Sanatorium an der Arbeit vermuten.«

Sein Gesicht umwölkte sich leicht. »Ah, ja... ganz recht, Mr. Duluth.«

»Nun, ich bin inzwischen auf einige Dinge gestoßen, von denen Sie etwas wissen sollten.« Ich tat mein Bestes, seinem ruhigen Blick standzuhalten. »Ich glaube, daß Mr. Laribee in Gefahr schwebt, daß sich diese ganze verrückte Geschichte – Fogartys Tod eingeschlossen – um Laribee dreht.«

»Und wieso kommen Sie auf diesen Gedanken, Mr. Duluth?« fragte er sanft.

Ich berichtete ihm rasch von allen Zwischenfällen, die den Finanzier direkt betrafen; vom Ticken in seinem Zimmer; wie ich die Stoppuhr in seiner Tasche gefunden hatte; von der Stimme des Börsenmaklers während unseres Spazierganges; von Fenwicks spiritistischer Warnung und von dem Zettel, den Geddes im Buch des alten Mannes gefunden hatte. Nur die Sache mit dem Testament erwähnte ich nicht.

»Das alles ist mir bereits berichtet worden, Mr. Duluth«, sagte er, nachdem er sich alles angehört hatte, ohne mich ein einziges Mal zu unterbrechen. »Alles bis auf dieses Stück Papier, das Sie und Mr. Geddes in dem Buch gefunden haben. Wenn Sie glauben, daß alle diese Zwischenfälle etwas mit dem tragischen Tod von Mr. Fogarty zu tun haben, so muß ich Ihnen wohl sagen, was ich persönlich davon halte. Meiner Ansicht nach dürfte es für alles eine relativ einfache Erklärung geben.« Ich mußte wohl sehr erstaunt dreingesehen haben, denn er fuhr in beinahe väterlich-herablassendem Tonfall fort: »Sie haben durchaus recht, Mr. Duluth, daß alle diese Warnungen direkt an Mr. Laribee gerichtet zu sein scheinen, aber Sie vergessen, daß noch jemand einbezogen ist.«

»Sie meinen... Miß Brush?« fragte ich rasch. »Besteht auch für sie Gefahr?«

Lenz strich seinen Bart, und ich entdeckte in seinen Augen einen leicht amüsierten Ausdruck. »Nein, Mr. Duluth. Und ich habe auch nicht das Gefühl, daß für irgend jemanden im besonderen Gefahr besteht. Aber die Erwähnung von Miß Brushs Namen in diesen Nachrichten macht alles nur um so leichter für uns.« Er war wieder sehr ernst. »Ich fürchte, daß Mr. Laribee allmählich die ersten Anzeichen von Schizophrenie zu zeigen beginnt. So bezeichnet man eine gespaltene Persönlichkeit, einen Geist, der zwischen Wahn und Wirklichkeit hin und her pendelt. In seinen Wahnvorstellungen sieht er sich mit Miß Brush verheiratet. Nun, das ist harmlos genug, denn es hält ihn davon ab, sich wegen seiner Finanzangelegenheiten Sorgen zu machen. Aber sein noch gesunder Menschenverstand und seine Erfahrung sagen ihm, daß junge Frauen gefährlich sind, daß sie es nur auf sein Geld abgesehen haben. Und so warnt ihn also der gesunde Teil seines Verstandes vor seinen Wahnvorstellungen. Deshalb schreibt er solche Nachrichten an sich selbst, und er reagiert auch unbewußt auf entsprechende Andeutungen anderer Patienten. Es ist durchaus möglich, daß er mit sich selbst darüber spricht. Das wiederum könnte ein Mann wie Fenwick für Geisterstimmen halten und an andere als Warnung weitergeben. Sehen Sie, Mr. Duluth, und so schließt sich dann der Kreis.«

»Und was ist mit der Stoppuhr?« fragte ich zweifelnd.

»Das scheint mir ebenfalls eine Manifestation gleicher Art zu sein. Für einen Patienten vom Typ eines Mr. Laribee ist es auch durchaus möglich, auf seine eigenen Vorstellungen so zu reagieren, als stammten sie von anderen Leuten. Er weiß, daß nach den gegenwärtigen Vereinbarungen eine bestimmte Geldsumme an das Sanatorium fällt, wenn ihm geistige Unzurechnungsfähigkeit bescheinigt werden kann. Also bildet er sich ein, daß man ihn bewußt und vorsätzlich zum Wahnsinn treiben will. Dann ist es nur noch ein kleiner Schritt bis zu jenem Zustand, in dem er versuchen wird, seine eigenen Wahnvorstellungen durch selbstgeschaffene Beweise zu rechtfertigen. So könnte er zum Beispiel die Stoppuhr selbst entwendet haben, um sich damit zu erschrecken. Danach hat er vollkommen vergessen, daß er selbst für die ganze Geschichte verantwortlich war.«

»Aber es gibt noch andere Dinge«, beharrte ich, und dann erzählte ich ihm von Miß Powells seltsamem Monolog in bezug auf die Messer.

Jetzt sah Dr. Lenz doch betroffen drein.

»Das beunruhigt mich, Mr. Duluth, aber nur als Arzt. Sie haben soeben meine eigene Meinung bestätigt, daß einige Patienten Rückschritte machen. Es ist ungewöhnlich, daß Miß Powell Selbstgespräche führt, aber es ist keineswegs ungewöhnlich, daß sie alle möglichen Gegenstände zusammenstiehlt.«

»Nein«, sagte ich. »Das konnte ich schon selbst beobachten.«

»Miß Powell ist Kleptomanin. Eine kultivierte Frau, aber sie hat diesen merkwürdigen Impuls zum Stehlen. Nicht aus Gewinnsucht. Sie stiehlt einfach Dinge und versteckt sie. Natürlich ist auch sie für Anregungen empfänglich. Sie oder ich könnten ihr zum Beispiel vorschlagen, etwas zu nehmen, und wahrscheinlich würde sie es dann tun. Mitunter wird sie impulsiv zum Stehlen gedrängt, und es kann durchaus vorkommen, daß sie solchen Impulsen laut Ausdruck verleiht, wie Sie es ja gehört haben.«

»Sie glauben also, daß überhaupt nichts hinter alledem steckt?« fragte ich. »Aber es gibt doch keine plausible Erklärung für diese Stimme! Ich habe sie selbst gehört, und ich halte mich für einigermaßen normal. Laribee hat die Stimme seines Börsenmaklers gehört. Fenwick hat sie als Geisterstimme vernommen. Und jetzt war auch Geddes an der Reihe.« Ich berichtete ihm kurz von den beiden Warnungen, die Geddes bekommen hatte. Er hörte mir aufmerksam zu, und ich hatte den Eindruck, daß sein Gesicht nun doch um eine Nuance ernster wurde.

»Ich muß zugeben, daß Ihr Fall und diese Sache mit Mr. Geddes nicht einfach als Täuschung oder Wahnvorstellung abgetan werden können«, murmelte er. »Aber ich glaube, daß es sogar dafür eine Erklärung geben dürfte. Es ist schwierig, selbst für einen Arzt, eine andere Person zu hypnotisieren. Aber es ist leicht für einen etwas schwachsinnigen Patienten, sich selbst zu hypnotisieren. Geisteskranke Leute reagieren empfindlich auf Atmosphäre. Sie wittern überall um sich herum Gefahr oder Unbehagen, vor allem dann, wenn sie sich in einem Sanatorium aufhalten. Sie bilden sich Dinge ein, hören warnende Stimmen, und ihre Empfänglichkeit für solche Dinge wird durch ihre eigene Fantasie nur noch beflügelt. Es ist eine Art von Selbsthypnose.«

Ich glaubte zwar keineswegs, daß dies auf Geddes oder mich zutreffen könnte, doch ich ließ es zunächst dabei bewenden.

»Aber selbst wenn das so sein sollte«, widersprach ich, »so können Sie mir nicht einreden, daß ein Mann wie Fogarty sich mit Selbsthypnose diese Zwangsjacke angelegt hat!«

»Nein, natürlich nicht.« Dr. Lenz lächelte jetzt traurig, wie ein Mann, der sich ständig tragischeren Dingen als dem Tod gegenübersieht. »Der Versuch, diese Sache zu erklären, fällt nicht gerade in meinen Aufgabenbereich als Psychiater. Ich wollte Sie nur davon überzeugen, daß Sie sich irren, wenn Sie glauben, daß diese anderen, rein psychiatrischen Phänomene in irgendeinem Zusammenhang mit Fogartys Tod stehen könnten.«

»Aber es muß doch irgendeine Erklärung für Fogartys

Tod geben, Dr. Lenz! Die Polizei wird doch nicht tatenlos...«

»Die Polizei«, unterbrach mich Dr. Lenz ziemlich kalt, »will sich beinahe damit zufriedengeben, daß Fogartys Tod die Folge eines unglücklichen Unfalls war.«

»Aber wie, um aller Welt willen?«

Dr. Lenz sah erneut auf seine Uhr. »Vielleicht ist es besser, wenn Sie die Wahrheit wissen. Ich sage es Ihnen aber nur im strengsten Vertrauen, Mr. Duluth. Mrs. Fogarty gibt zu, mit ihrem Mann in der fraglichen Nacht gestritten zu haben. Offensichtlich hat Fogarty ihr gesagt, daß er das Sanatorium verlassen will, um sein Glück in Ihrer Sphäre zu versuchen. Beim Theater oder – besser gesagt – wohl im Showbusineß. Seine Frau sollte ihn begleiten, aber das hat sie rundheraus abgelehnt. Sie hat ihn vor diesem Schritt gewarnt.«

Damit hatte ich jetzt wenigstens eine Erklärung dafür, warum Mrs. Fogarty in jener Nacht geweint hatte.

»Wir alle wissen ja, daß Fogarty ein sehr eitler Mann war, der sich gern mit seinen Körperkräften brüstete. Seine Frau hatte ihn in seiner Eitelkeit getroffen. Die Annahme ist also gar nicht so abwegig, daß er allein in den Massageraum ging, um sich selbst einen Beweis seiner Fähigkeiten zu liefern. Er hat versucht, irgendeinen Trick auszuführen... wahrscheinlich diesen wohlbekannten Entfesselungstrick mit der Zwangsjacke, den ja auch der berühmte Houdini schon praktiziert hat. Und dann...«

»Aber die Polizei...«, unterbrach ich ihn.

»Die Polizei, Mr. Duluth, hat keinerlei Beweise für das Gegenteil erbringen können. Captain Green hat sehr ausführlich mit mir darüber gesprochen.«

Nach einem erneuten Blick auf seine Armbanduhr stand er auf und ging zur Tür. »Nun, Mr. Duluth, ich bin ganz froh, daß ich diese Gelegenheit hatte, einmal ausführlich mit Ihnen über alles zu sprechen. Selbstverständlich können Sie sich auch weiterhin jederzeit an mich wenden.« Noch ein kurzes Lächeln, dann war er gegangen.

Als ich nach oben ging, versuchte ich mir darüber klarzuwerden, ob Lenz tatsächlich alles das glaubte, was er mir soeben gesagt hatte. Mein Instinkt riet mir, der entwaffnenden Logik seiner Erklärungen lieber nicht zu trauen. Ich hatte dabei das Gefühl, daß mein seit kurzem wieder so optimistischer Geisteszustand genau das war, was das Sanatorium sein sollte... ein Narrenparadies.

Endlich war das Dinner vorbei, und Miß Brush, die offensichtlich überhaupt keine Müdigkeit zu kennen schien, brachte uns nach unten in den großen Gemeinschaftsraum. Ich sah mich sofort nach Iris um und entdeckte sie in der Nähe des Klaviers, etwas abseits von den übrigen Frauen. Als ich neben ihr Platz nahm, merkte ich sofort, daß etwas nicht mit ihr stimmte. Ihre Finger spielten nervös mit dem Verschluß ihrer Handtasche, und sie hatte einen Ausdruck im Gesicht, der mich alarmierte. Ich griff nach ihren Händen und sagte rasch: »Was ist denn, Iris?«

Sie zog ihre Hände zurück, weil Moreno soeben hereingekommen war und ganz in unserer Nähe stehenblieb. Während sie darauf wartete, daß er weitergehen sollte, hielt sie den Kopf nach vorn gebeugt, als lauschte sie angestrengt auf etwas, das sie nicht so recht verstehen konnte. Dann flüsterte sie: »Es ist soeben wieder geschehen!«

Ich wußte, daß sie diese verdammte Stimme meinte. Wir zitterten beide ein wenig. »Was hat sie gesagt?« fragte ich heiser.

»Beinahe das gleiche.«

»Über Laribee?«

»Ja. Aber sie hat noch etwas gesagt.« Sie drehte sich so rasch zu mir herum, daß ich ihren warmen Atem auf meiner Wange spüren konnte. »Aber wenn ich's Ihnen sage, werden auch Sie mich wie alle anderen für verrückt halten.«

Ich griff wieder nach ihren Händen. Wir schwiegen beide einen Moment. Als sie endlich sprach, klang ihre Stimme beinahe ruhig. »Sie hat gesagt, daß ich meinen Vater rächen muß. Daß Laribee für den Tod meines Vaters verantwortlich war. Daß ich nur wieder vollkommen gesund werden kann, wenn ich ihn töte. Und dann...«

»...hat sie noch gesagt, daß sich ein Messer in meiner Handtasche befindet!«

»Ein Messer?« wiederholte ich.

»Ja. Aber ich habe noch nicht gewagt, einmal nachzusehen. Ich hatte gehofft, daß Sie kommen würden.«

»Geben Sie mir doch mal Ihre Handtasche«, sagte ich.

Wortlos gab sie mir die Tasche. Mit zitternden Fingern fummelte ich am Verschluß herum. Endlich sprang er auf.

Ich starrte auf den Inhalt: Iris' kleines Taschentuch, eine Puderdose und ein paar Kleinigkeiten, deren Besitz man ihr hier erlaubt hatte. Alles so normal, so alltäglich.

Im Kontrast dazu wirkte das andere Ding nur um so gräßlicher. Es war ein schmales Operationsmesser! Rasch nahm ich es heraus und schob es in meine Jackentasche. Iris und ich sahen einander an.

»Aber das ist doch vollkommen unmöglich!« wisperte sie.

Ich wußte auch, daß es unmöglich war. Aber ich dachte nicht weiter darüber nach. Ich dachte nur daran, wie jemand ihr diese scheußliche Sache hatte antun können. Und dann erkannte ich wieder diesen Ausdruck in ihren Augen, als befände sie sich halb in Trance.

»Man will, daß ich Laribee töten soll«, sagte sie sehr leise. »Man versucht, mich gegen meinen Willen dazu zu bringen.« Sie ließ beide Arme schlaff nach unten hängen. »Aber Sie werden doch verhindern, daß etwas passiert, nicht wahr?«

»Natürlich. Ich habe ja jetzt das Messer. Es ist bei mir sicher aufgehoben. Sie können mir vertrauen.« Iris hatte wieder zu zittern angefangen. Ich legte ihr eine Hand auf die Schulter und sagte beruhigend: »Sie dürfen sich nicht erschrecken lassen, Iris. Denken Sie stets daran, daß ich immer hier bin.«

»Aber...«

»Es gibt kein Aber«, unterbrach ich sie, und mein Mund war sehr dicht an ihrem Ohr. »Ich werde Ihnen beistehen, was immer auch geschehen mag, weil... Weißt du... ich liebe dich!«

Unsere Blicke begegneten sich. Plötzlich lächelte sie. Und da kümmerte mich überhaupt nichts mehr, weder das Messer noch die Stimme noch sonst etwas.

Während meine Lippen über ihr Haar strichen, überlegte ich, ob dies nicht die verrückteste Sache von all den verrückten Sachen war, die sich bisher in Dr. Lenz' Sanatorium ereignet hatten.

Als Iris erneut lächelte, fühlte ich mich sehr männlich und zielstrebig. Das Messer in meiner Tasche rechtfertigte meine Überzeugung, daß hier im Sanatorium etwas Gefährliches vorging. Ich würde sofort mit Dr. Lenz sprechen müssen. Das sagte ich Iris, und sofort breitete sich ein ängstlicher Ausdruck auf ihrem Gesicht aus.

»Nein! Du darfst ihm nichts sagen! Du darfst nicht! Er wird an einen Rückfall bei mir glauben und mich wieder in meinem Zimmer einschließen. Er wird...«

»Das wird er nicht, Iris. Verstehst du denn nicht? Wir haben doch das Messer als Beweis?«

Sie wollte sich nicht trösten lassen. Ihre Lippen zitterten, als wäre sie den Tränen nahe. Sie könne es nicht aushalten, wieder in ihrem Zimmer eingeschlossen zu sein, behauptete sie.

»Aber er muß das Messer zu sehen bekommen, Iris«, drängte ich. »Wenn du willst, werde ich ihm nicht sagen, daß ich es von dir habe.«

Das schien ihre Befürchtungen zu zerstreuen. Sie senkte leicht den Kopf und flüsterte: »Natürlich mußt du das tun, was du für das Beste hältst. Aber es ist alles so schrecklich. Ich habe das Gefühl, nie wieder ganz gesund zu werden und hier herauszukommen.«

Ich wußte genau, wie ihr zumute war. Es ging mir doch beinahe selbst so. Aber ich tat mein Bestes, mich möglichst optimistisch zu geben.

»Unsinn«, sagte ich. »In zwei Wochen sind wir beide hier raus. Und was ich gestern gesagt habe, gilt immer noch. Ich werde dich mitnehmen und dich der härtesten Ausbildung unterziehen, die du je in deinem Leben hattest. Ich werde dich zu einer ganz großen Schauspielerin machen oder meinen Beruf endgültig an den Nagel hängen.«

Mir war es damit vollkommen ernst. Auf irgendeine verrückte Art war mein Leben jetzt fest mit dem ihren verbunden. Was immer geschehen mochte oder nicht, ich würde Iris aus diesem Sanatorium herausholen.

»Du bleibst hier«, flüsterte ich ihr zu. »Und keine Angst haben, hörst du?« Ich lächelte sie ermutigend an. »Ich werde mit Lenz sprechen.«

Als ich sie verließ, warf ich zufällig einen Blick zu Miß Powell hinüber. Bis zu diesem Augenblick war ich viel zu verwirrt und wütend gewesen, um darüber nachdenken zu können, wie das Messer in Iris' Handtasche gekommen war, aber als ich die alte Jungfer aus Boston dort am

Tisch sitzen und Solitaire spielen sah, kamen mir ihre Worte aus der vergangenen Nacht wieder in den Sinn: »Es gibt so herrlich glänzende Messer im Behandlungszimmer.« Wer auch immer diese grausame, hinterhältige Kampagne gegen Iris begonnen haben mochte, er mußte jetzt mit Miß Powell zusammenarbeiten. Oder sich ihrer zumindest als Werkzeug bedienen. Während ich das noch überlegte, drehte sich die Boston-Jungfer nach mir um und nickte zur Begrüßung. »Guten Abend, Mr. Duluth. Typisches Märzwetter heute, nicht wahr?« Sie lachte kurz und nervös auf, dann konzentrierte sie sich wieder auf ihre Karten.

Moreno war der einzige, der uns Patienten die Erlaubnis geben konnte, den Direktor außerhalb der Dienststunden zu sprechen. Aber weder er noch Stevens waren irgendwo zu sehen. Am liebsten hätte ich mich sofort auf die Suche nach einem von ihnen gemacht, doch ich erinnerte mich an mein Versprechen, Iris aus allem herauszuhalten. Jedermann mußte doch gesehen haben, wie ich mit ihr gesprochen hatte. Wenn ich jetzt also sofort den Raum verließe, würde man das unweigerlich mit ihr in Verbindung bringen. Ich zügelte also meine Ungeduld und hielt mich noch ein bißchen länger hier auf. Dann ging ich zu Dr. Moreno.

Er schloß gerade die Tür eines kleinen Schrankes, als ich eintrat. Ich hatte noch Zeit, eine vertraute Flasche und ein halbvolles Glas zu sehen. Es war Whisky, und ich war neidisch auf Moreno. Aber ich stellte auch mit Erleichterung fest, daß mein Neid nicht allzu groß war. Vor ein paar Wochen wäre ich ihn bestimmt angesprungen wie ein hungriger Berglöwe und hätte ihm die Flasche gewaltsam entrissen.

Sein Gesichtsausdruck ließ erkennen, daß er meine Gedanken erraten zu haben schien, denn er lächelte und sagte beinahe menschlich: »Ich wünschte, ich könnte Sie einladen, sich mir anzuschließen, Mr. Duluth.« Er deutete auf einen Stuhl, aber ich setzte mich nicht hin.

»Das möchte ich auch ganz gern, Doktor«, sagte ich. »Aber leider habe ich dazu keine Zeit. Ich muß Dr. Lenz sprechen.«

»Dr. Lenz spricht auf einer medizinischen Versammlung in New York«, sagte er. »Er wird erst morgen zurückkommen.« Er fügte hinzu: »Während seiner Abwesenheit führe ich die Aufsicht im Sanatorium. Falls es etwas Wichtiges ist, können Sie mit mir darüber sprechen.«

»Ich glaube nicht, daß Dr. Lenz in New York ist«, behauptete ich stur. »Und ich will mit niemandem außer ihm sprechen.«

»Sie können ja versuchen, ihn hier irgendwo zu finden, aber Sie werden damit nur Ihre Zeit verschwenden. Da, sehen Sie doch selbst!« Er warf mir eine medizinische Zeitschrift zu, in der Lenz als Sprecher irgendeiner Versammlung angekündigt wurde. Das Datum stimmte.

»Haben Sie ihm wirklich etwas Wichtiges zu sagen?« fragte Moreno mit leicht ironischem Unterton. »Oder haben Sie nur wieder einmal mysteriöse Stimmen gehört und...«

»Wichtiger!« unterbrach ich ihn hitzig. »Würden Sie es wichtig nennen, wenn ich Ihnen jetzt sage, daß Messer aus dem Behandlungszimmer gestohlen wurden?«

»Ich würde sagen, daß es unmöglich ist, Mr. Duluth. Aber ich bin durchaus bereit, es nachzuprüfen.«

»Sie glauben mir also nicht?«

»Ich habe gesagt, daß ich es für vollkommen unmöglich halte. Dr. Stevens hat die Aufsicht über das Behandlungszimmer und...«

»Na, schön!« fiel ich ihm schon wieder ins Wort. »Vielleicht kann ich Sie überzeugen!« Ich hatte mich inzwischen so aufgeregt, daß ich meine Stimme kaum noch in der Gewalt hatte. Meine Hand zitterte so stark, daß ich sie nur mit einiger Mühe in die Tasche schieben konnte. »Passen Sie auf!«

»Ich warte darauf, überzeugt zu werden, Mr. Duluth.«

Ich zog meine Hand aus der Jackentasche zurück und untersuchte immer ungeduldiger meine übrigen Taschen.

»Ich warte immer noch, Mr. Duluth.« Seine Stimme klang so ruhig und sicher, als wüßte er genau, was er zu erwarten hatte. Ich suchte weiter in meinen Taschen herum, aber es gab wohl keinen Zweifel mehr. Das Messer war weg! Und dann mußte bei mir wohl irgendein Faden gerissen sein, denn als nächstes wußte ich nur noch, daß ich im Bett lag und Mrs. Fogarty mir etwas Süßes und Einschläferndes einflößte.

Am nächsten Morgen mußte ich im Bett bleiben. Moreno kam mich besuchen und benahm sich so, als hätte sich heute nacht überhaupt nichts in seinem Büro abgespielt. Miß Brush sorgte dafür, daß es mir an nichts fehlte. Zu meiner Überraschung tauchte am Vormittag sogar Dr. Stevens in meinem Zimmer auf.

»Wie ich von Dr. Moreno hörte«, kam er sofort nach der Begrüßung auf den Zweck seines Besuches zu sprechen, »soll David, mein... äh... Halbbruder vorletzte Nacht hier bei Ihnen gewesen sein. Sie wissen ja, daß ich mir große Sorgen um ihn mache, und da dachte ich, ob Sie mir nicht vielleicht erzählen könnten...«

»Oh, da gibt's nicht viel zu erzählen«, sagte ich, als er sichtlich verlegen abbrach. »Ich hatte mich mit zwei anderen Patienten noch ein bißchen unterhalten, und das muß er wohl gehört haben. Vielleicht hat er uns für Geister oder so was gehalten.«

»Hm, ich verstehe.« Dr. Stevens zog sich einen Stuhl heran und setzte sich. »Da ich Ihnen bereits meine Position erklärt habe, Mr. Duluth, halte ich es für fair, Ihnen auch zu sagen, was ich zu tun gedenke. Davids Zustand hat sich während der letzten Tage ganz entschieden verschlechtert. Deshalb habe ich mich dafür entschieden, ihn fortzubringen, ganz gleich, welche Wirkung dadurch bei anderen Patienten ausgelöst wird. Er wird das Sanatorium bereits morgen verlassen. Natürlich wird es in aller Stille geschehen. Ich werde mit Dr. Lenz sofort nach seiner Rückkehr aus New York darüber sprechen.«

»Glauben Sie, daß die Polizei einen von uns gehen lassen wird?« fragte ich. »Sie wissen ja, daß sich ein paar recht merkwürdige Dinge abgespielt haben.«

»Ich verstehe nicht, was Sie meinen. Sie wollen doch nicht etwa andeuten...«

»Ich will gar nichts andeuten«, unterbrach ich ihn. Ich war müde und hatte keine Lust, mich mit ihm herumzustreiten. »Wahrscheinlich haben Sie recht, Stevens. Dieses Sanatorium ist im Moment wirklich nicht der Ort, an dem ein Patient gesund werden kann.«

Miß Brush kam in diesem Augenblick herein und machte damit unserer Diskussion ein Ende.

Da es am Nachmittag stürmte und hagelte, sollte der übliche Spaziergang ausfallen und durch eine Filmvorführung ersetzt werden. Als wir über den Korridor gingen, richtete ich es so ein, daß Geddes und ich ein wenig hinter den anderen zurückblieben. Der Engländer schien von der Idee dieser Filmvorführung genausowenig begeistert zu sein wie ich. Während meines unfreiwilligen Stubenarrestes war ich nach gründlicher Überlegung zu der Entscheidung gelangt, daß nun der Zeitpunkt gekommen war, Geddes reinen Wein einzuschenken.

»Hören Sie«, sagte ich so leise, daß uns niemand hören

konnte. »Ich habe Ihnen allerhand zu erzählen, was ich schon lange weiß. Aber ich war bisher idiotisch genug, es für mich zu behalten.«

Geddes blieb einen Moment stehen.

»Betrifft es diese Stimme?« fragte er.

»Ja. Sie wissen doch noch, was sie über Fogarty gesagt hat? Nun, Fogarty hat das Sanatorium nicht verlassen. Er wurde hier ermordet!«

»Ermordet!« Ein Ausdruck äußersten Erstaunens breitete sich auf dem Gesicht des Engländers aus. »Um Himmels willen... was meinen Sie damit?«

»Die Polizei glaubt an einen Unfall, aber ich...«

»Wann ist es denn passiert?«

»Vor zwei Tagen.«

»Hier im Sanatorium?«

»Ja. Im Massageraum... irgendwann Samstag nacht.«

»Das also ist es!« Geddes' Augen funkelten, dann wurde er sofort wieder ernst. »Jetzt verstehe ich alles, Duluth! Jetzt begreife ich, warum man versucht hat, mich zu vertreiben! Warum man gedroht hat, mich zu töten! Oh, mein Gott, wenn ich das doch bloß früher gewußt hätte! Hören Sie, ich muß sofort zu Dr. Lenz!«

»Tun Sie das nicht«, warnte ich ihn dringend. »Sprechen Sie lieber erst mit mir über alles. Sie meinen, daß Sie etwas gesehen haben oder...?«

»Ja, ich habe etwas gesehen und...«

Wir hatten beide nicht bemerkt, daß Miß Brush auf uns zugekommen war. Bevor wir es noch recht begriffen, blieb sie dicht vor uns stehen und lächelte freundlich.

»Na, kommen Sie schon, Sie Trödelfritzen! Wenn Sie sich nicht ein bißchen beeilen, werden Sie noch den Film verpassen.«

Sie hatte wirklich ein seltenes Talent, stets im ungeeignetsten Moment aufzutauchen, diese Frau! Ich konnte ihr nicht ansehen, ob sie etwas gehört hatte oder nicht. Sie hakte sich bei uns beiden unter und zog uns energisch mit sich fort.

Die Frauen waren bereits versammelt, als wir den Vorführraum betraten. Sie saßen links vom Mittelgang. Die rechte Seite war den Männern vorbehalten. Ich entdeckte Iris sofort. Sie saß unmittelbar am Mittelgang neben Miß Powell. Obwohl ich mir alle Mühe gab, sie auf mich aufmerksam zu machen, schien sie mich nicht zu bemerken.

Es gab einen Tierfilm, der mich nicht sonderlich interessierte. Den meisten Zuschauern schien es ähnlich zu ergehen. Sie konzentrierten sich mehr auf gegenseitige Unterhaltung als auf die Vorgänge auf der Leinwand. Auch ich sah mich immer wieder gelangweilt um und konnte kaum das Ende der Vorstellung abwarten. Als ich wieder einmal zum Eingang hinübersah, entdeckte ich dort zu meiner Überraschung Dr. Lenz. Er war also aus New York zurück. Am liebsten wäre ich sofort aufgesprungen und zu ihm hingegangen, um mit ihm zu sprechen. Ich wurde jedoch abgelenkt, als in einer der vorderen Reihen jemand aufstand und über den Mittelgang zur Tür wollte. Im Vorbeigehen erkannte ich Moreno. Er blieb bei Dr. Lenz stehen. Die beiden Männer unterhielten sich flüsternd, und ich hatte irgendwie das Gefühl, daß beide stark beunruhigt waren.

Auf der Leinwand galoppierten Giraffen über eine Steppe. Diese seltsamen Tiere erinnerten mich an verrückte Dinge, die ich im delirium tremens gesehen hatte.

Plötzlich zerriß ein gellender Schrei die Stille im Raum. Es war die hohe, schrille, hysterische Stimme einer Frau, die ein einziges Wort gellte: »Feuer!«

Eine Sekunde lang saß ich wie erstarrt auf meinem Platz. Ich glaubte schon, daß meine Fantasie mir einen Streich gespielt hätte. Ich saß in der letzten Reihe. Der

Schrei war von hinten gekommen. Ich wußte aber, daß es hinter mir keine Frauen gab. Und dann ertönte dieser Schrei von neuem... einmal... zweimal... dreimal. Er schien rundum im Raum ein Echo zu wecken, denn nun wurde von allen Seiten gerufen: »Feuer! Feuer! Feuer!«

In der Panik, die nun folgte, hatte ich gar keine Zeit zum Nachdenken; keine Zeit, mir zu überlegen, ob dieser Alarm echt war. Alle sprangen augenblicklich auf die Beine. Die Frauen kreischten. Stühle wurden umgeworfen. Um mich herum drängten Männer zum Ausgang. Billy Trent rannte mich beinahe um. Ich erhaschte einen Blick auf Miß Brushs weiße Schwesterntracht inmitten dieses Tumults in chaotischer Dunkelheit.

Und der Film lief weiter. Die Giraffen galoppierten dahin, als wollten auch sie versuchen, einem Feuer zu entrinnen.

Meine erste Sorge galt instinktiv Iris. Während alle anderen an mir vorbeistürmten, drängte ich vorwärts.

»Licht!« brüllte ich, aber niemand schenkte mir Beachtung. Ich hatte ganz vergessen, daß sich der einzige Schalter hinter der Leinwand befand, und Warren im schallsicheren Projektionsraum konnte ja nicht wissen, was sich hier abspielte.

Dann hörte ich Lenz von der Tür herrufen: »Nur keine Panik! Es gibt kein Feuer! Bitte, bleiben Sie alle auf Ihren Plätzen!«

Das schien der Unordnung ein wenig Einhalt zu gebieten, wenngleich noch immer alle versuchten, den sicheren Ausgang zu erreichen. Während ich weiter ungestüm nach vorn drängte, hörte ich von irgendwoher Warrens Stimme: »Was ist denn hier los? Was geht hier vor?«

»Gehen Sie zurück, Sie Dummkopf!« hörte ich Moreno antworten. »Schalten Sie endlich das Licht ein, Mann!«

Irgendwie hatte ich es geschafft, durch zwei, drei

Stuhlreihen zu gelangen. Besorgt sah ich mich nach Iris um, als ich plötzlich über irgendeinen Gegenstand auf dem Boden stolperte. Ich bückte mich und konnte gerade noch Geddes erkennen, der zwischen umgekippten Stühlen auf dem Boden lag. Ich berührte ihn. Sein Arm war steif wie Stahl. Ich stellte mich breitbeinig über ihn, um ihn davor zu bewahren, von den anderen zertrampelt zu werden. Ich glaubte, Miß Powell zu erkennen, die wie eine Motte an mir vorüberflatterte. Dann spürte ich eine Hand auf meiner Schulter und hörte John Clarke dicht an meinem Ohr sagen: »Sind Sie das, Mr. Duluth? Helfen Sie mir, ihn hinauszubringen.«

»Wer hat eigentlich ›Feuer‹ gerufen?« fragte ich atemlos.

»Das weiß niemand. Verdammt, warum schaltet denn Warren nicht endlich das Licht ein?!«

Wir hoben Geddes vom Boden auf und trugen ihn zur Tür. Hier tauchte sofort ein anderer Wärter auf. Sie brachten Geddes fort. Ich blieb allein im Korridor zurück und sah mich sofort wieder nach Iris um. Sie war nirgends zu sehen. Von einem unerklärlichen Angstgefühl befallen, rannte ich zum Eingang zurück und riß die Tür auf. Warren hatte inzwischen das Licht eingeschaltet. Jetzt sah ich nur allzu deutlich, was die Dunkelheit bisher verborgen hatte. Der Raum war leer bis auf zwei Gestalten. Sie saßen dicht nebeneinander auf Plätzen im Mittelgang. Eine davon war Iris, und sie saß so still da, als wäre sie aus Stein gehauen. Ihr Blick war starr auf irgendeinen Gegenstand in ihrem Schoß gerichtet.

Dann konzentrierte ich mich auf die zweite Gestalt. Sie hockte in seltsam unnatürlicher Stellung da und schien nur noch von der Lehne des vorderen Stuhles gestützt zu werden. Es handelte sich um Daniel Laribee. Während ich noch hinüberstarrte, ruckte sein Körper langsam nach vorn und stürzte schließlich auf den Boden. Ich hatte das

Gefühl, als wäre Iris sich der unmittelbaren Nähe des Mannes bisher überhaupt nicht bewußt gewesen. Erst als sie hörte, wie der Körper dumpf auf dem Boden aufschlug, schrak sie zusammen. Dann stieß sie einen spitzen Schrei aus, griff nach dem Ding in ihrem Schoß und schleuderte es blindlings quer durch den Raum.

Ich erinnere mich noch vage daran, was danach geschah. Ich weiß, daß ich nach vorn stürzte, um etwas für sie zu tun; notfalls das Ding, das sie eben weggeworfen hatte, zu verstecken. Aber Miß Brush war zu schnell für mich. Während ich noch über umgeworfene Stühle kletterte, hatte sie das Ding bereits erreicht und aufgehoben. Sie sah zu Laribee hinüber und dann wieder auf den Gegenstand in ihrer Hand. Ihr Gesicht zeigte einen Ausdruck wachsenden Entsetzens. Sehr, sehr langsam ging sie auf Iris zu.

Ich werde dieses Bild wohl niemals vergessen: Isabel Brush, nach vorn gelehnt, das Gesicht von blondem Haar umrahmt; und Iris, die absolut still dasaß und in einer Geste höchsten Widerwillens beide Arme ausstreckte. Ich konnte meinen Blick nicht von diesen schlanken, zerbrechlichen Händen losreißen... so schneeweiß unter den scharlachroten Blutflecken. Auch auf ihrem grauen Kleid entdeckte ich Blut.

Hinter uns klangen Schritte auf. Das restliche Personal kam zurück. Die meisten eilten sofort zu Laribee hinüber, aber Moreno kam zu uns heran, und wir drei standen schweigend da. Plötzlich schien sich Iris unserer Anwesenheit bewußt zu werden. Sie blickte wild auf und stieß einen gellenden Schrei aus.

»Da, sehen Sie mal, Doktor«, sagte Miß Brush und hielt ihm das Ding hin, das sie vom Fußboden aufgehoben hatte. »Ich habe gesehen, wie sie das weggeworfen hat.«

Moreno starrte auf den Gegenstand. Ich spürte, wie das Blut in meinen Schläfen hämmerte. Die Tagschwester hielt ein schmales, dünnes Operationsmesser in der Hand. Die Klinge war dunkelrot von Blut.

»Was hat das zu bedeuten, Miß Pattison?« fragte Moreno ruhig.

Iris wandte das Gesicht ab. »Ich ... ich ... weiß nicht ... was passiert ist«, stammelte sie sehr leise, aber doch entschieden.

»Aber Sie hatten dieses Messer, und Mr. Laribee ...«

»Laribee!« Iris wirbelte jäh herum, und ihre Augen funkelten plötzlich vor Verzweiflung und Angst. »Es ist also doch passiert? Er ist tot! Und Sie glauben jetzt wohl, daß ich es getan habe, nicht wahr?«

Ich wollte nach vorn drängen, wollte sie trösten, wollte ihr sagen, keine Angst zu haben, aber ich konnte mich einfach nicht bewegen. Wir schienen alle irgendwie in Bann geschlagen zu sein.

Iris hob langsam eine Hand vors Gesicht. Ihre Schultern zuckten, und ich hörte, wie sie leise und hoffnungslos vor sich hinschluchzte.

»Ich ... ich weiß wirklich nicht ... was ... was passiert ist«, stammelte sie unglücklich. »Ich kann mich nicht erinnern. Ich wollte ihn nicht töten. Ich wollte nicht tun, was man von mir wollte. Es ist ... es ist alles so ... so schrecklich!«

In diesem Augenblick kam die mütterliche Gestalt von Mrs. Dell herübergeeilt. Sie schob uns beiseite, und bevor einer von uns noch etwas sagen konnte, hatte sie bereits einen Arm um die Schultern des jungen Mädchens gelegt und führte es hinaus. Jemand schloß die Tür hinter ihnen. Ich drehte mich nach der kleinen Gruppe um, die über die ausgestreckte Gestalt von Laribee gebeugt war. Ich sah, wie Dr. Lenz sein bärtiges Gesicht auf die Brust des alten Mannes preßte. Und ich sah die kleine, dunkle Pfütze aus Blut auf dem Fußboden.

»In den Rücken gestochen!« Der Ausruf kam von Dr. Stevens, der neben Dr. Lenz auf dem Boden hockte. Ein Blick in Morenos Gesicht verriet mir, daß der Millionär entweder im Sterben lag oder bereits tot war.

Es war also endlich eingetreten... diese Tragödie, auf die alle Zwischenfälle der letzten Zeit hingedeutet hatten. Laribee war getötet worden, während einer Filmvorführung von hinten erstochen.

Da war dieser Alarmruf ›Feuer‹ gewesen. Warren hatte versäumt, das Licht einzuschalten. So war es zum Chaos gekommen. Reine Zufälle? Oder hatte auch das alles zu einem raffiniert ausgeklügelten Plan gehört?

»Wer hat eigentlich ›Feuer‹ gerufen?« fragte Dr. Lenz.

Niemand gab zunächst eine Antwort. Dann sagte Moreno sehr ruhig: »Ich glaube, der Ruf kam von einer Stelle in unserer Nähe... von hinten... vom Korridor her.«

Mich hatte man offensichtlich vergessen. Miß Brush wurde als erste auf mich aufmerksam. Sie hielt immer noch das Messer in der Hand. Als sie auf mich zukam, sah sie aus wie Lady Macbeth nach dem Mord an Duncan.

»Ihre Anwesenheit ist hier keineswegs erforderlich, Mr. Duluth«, sagte sie. »Gehen Sie lieber in Ihr Zimmer zurück.«

Bis auf den zusätzlich anwesenden Clarke und den fehlenden Stevens hatte sich die gleiche Gruppe wie nach Fogartys Tod in Dr. Lenz' Arbeitszimmer versammelt. Aber während man damals in mir mehr oder minder eine geschätzte Hilfe gesehen hatte, durfte ich jetzt aus den kalten Blicken der Kriminalisten schließen, daß man mich als potentiellen Mittäter betrachtete.

Dr. Lenz hatte Captain Green offensichtlich gerade von meinem Besuch bei Dr. Moreno am vergangenen Abend berichtet.

»Haben Sie das Instrumentarium im Behandlungszimmer überprüft, Doktor?« fragte Green sehr scharf.

»Selbstverständlich, Captain.« Morenos Gesicht wirkte starr wie eine Maske. »Ich habe Mr. Duluths Geschichte nicht unbedingt geglaubt, aber ich habe mich sofort mit Dr. Stevens in Verbindung gesetzt, und wir sind zusammen ins Behandlungszimmer gegangen.«

»Und das Messer hat gefehlt?«

»Ja.«

»Haben Sie irgend etwas unternommen?«

»Natürlich. Wir haben die halbe Nacht danach gesucht, da wir begriffen, wie gefährlich dieses Messer in der Hand eines unserer Patienten sein könnte. Stevens sagte mir, daß Miß Powell am Vormittag in der Praxis war. Sie klagte über Beschwerden in der Stirnhöhle. Ich glaubte, daß sie da das Messer entwendet hatte.«

»Sie scheinen hier ziemlich achtlos mit Messern umzugehen«, knurrte Green.

»Ganz im Gegenteil. Aber Miß Powell ist Kleptomanin, und diese Leute sind unglaublich gerissen. Im allgemeinen hat sie bisher die von ihr gestohlenen Gegenstände unter Kissen versteckt. Wir haben überall nachgesehen. Miß Brush und Mrs. Dell haben heute sogar die Kleidung der Patientinnen untersucht, als diese noch schliefen. Aber wir haben nichts gefunden.«

Green drehte sich mit einem Ruck nach mir um.

»Dr. Moreno hat uns gesagt, daß Sie dieses Messer einmal in der Tasche hatten. Wer hat es Ihnen abgenommen, Mr. Duluth?«

»Ich habe nicht die blasseste Ahnung«, sagte ich. »Dazu hätte praktisch jeder Gelegenheit gehabt.«

»Könnte es auch Miß Pattison genommen haben?«

»Das halte ich für wenig wahrscheinlich. Schließlich hatte sie es mir ja gegeben.«

Im nächsten Augenblick hätte ich mich am liebsten selbst geohrfeigt. Ich Narr! Green hatte mir eine Falle gestellt, und ich war blindlings hineingetappt.

»Sie hatten es also von Miß Pattison!« Greens Stimme klang beinahe zu sanft. »Und dann hat Miß Brush beobachtet, wie dasselbe Mädchen dieses Messer während der Filmvorführung wegwarf!«

Seinem Tonfall nach zu schließen, schien der Fall für ihn bereits so gut wie geklärt und abgeschlossen zu sein. Und ich verlor wie üblich wieder einmal die Beherrschung.

»Begreifen Sie denn nicht, daß alles nur ein abgekartetes Spiel ist?« rief ich. »Jeder, der seine fünf Sinne noch beisammen hat, muß doch einsehen, daß Miß Pattison genauso unschuldig ist wie... wie Dr. Lenz hier! Jemand hat sie doch nur als Sündenbock benutzt!«

Ziemlich zusammenhanglos erzählte ich, wie Iris diese Stimmen gehört hatte; wie sie gedrängt worden war, Laribee zu töten. Ich wurde dramatisch und halb hysterisch. Aber je glühender ich Iris verteidigte, desto mehr Schaden fügte ich ihr zu. Falls Green bisher noch Zweifel gehabt haben sollte, so mußte er ja jetzt davon überzeugt sein, daß Iris eine gefährliche Wahnsinnige sei.

Zu meiner Erleichterung kam Lenz mir schließlich zu Hilfe.

»Ich stimme durchaus mit Mr. Duluth überein«, sagte er, und es hörte sich müde und niedergeschlagen an. »Auch ich kann nicht glauben, daß Miß Pattison für diese Tragödie verantwortlich sein soll. Natürlich kann ich auch Mr. Duluths Theorie nicht glauben, aber Miß Pattison leidet tatsächlich unter einer milden Form von Verfolgungswahn, und dieser Zustand hat sich durch Mr. Laribees Anwesenheit in diesem Sanatorium zweifellos verschlechtert. Wie ich die Dinge sehe, muß Miß Powell das Messer gestohlen und heimlich in die Handtasche des Mädchens praktiziert haben, entweder zufällig, um es nur zu verstecken, oder aber auch absichtlich aus einem mir unerfindlichen Grunde. Miß Pattison hat das Messer gesehen. Sie ist sehr leicht beeinflußbar und hat sich dann den Rest wohl nur eingebildet – diese Stimmen, die sie überreden wollten, Mr. Laribee zu töten.«

»Aber das erklärt immer noch nicht, wie sie wieder in den Besitz des Messers gelangt ist«, beharrte Green. »Oder warum sie es in der Hand hatte, als das Licht anging. Und soweit ich gehört habe, soll sie doch Dr. Moreno gegenüber mehr oder weniger so etwas wie ein Geständnis abgelegt haben.«

»Auch das ist vollkommen natürlich«, sagte Lenz. »Miß Pattison hat sehr viel an Mr. Laribee gedacht und sich seinetwegen große Sorgen gemacht. Als dann die von ihr so gefürchtete Tragödie wirklich eintrat, hat sie wohl einen Moment lang daran geglaubt, es selbst getan zu haben.«

»Für meinen Geschmack gibt's in diesem Fall ein bißchen zuviel psychologischen Krimskrams«, grollte der Captain. »Natürlich kann alles nur abgekartetes Spiel sein. Aber ich muß unbedingt mit diesem Mädchen selbst sprechen, Dr. Lenz. Ich muß herausbekommen, was sie in der Nacht getan hat, als Fogarty ermordet wurde. Hier haben wir alle uns offensichtlich doch geirrt. Es war kein Unfall, sondern Fogarty wurde genauso ermordet wie Laribee.«

»Hier stimme ich Ihnen zu«, sagte Lenz. »Und ich gebe auch zu, mich gründlich geirrt zu haben, als ich einen Unfall annahm.«

»Dann lassen Sie das Mädchen herbringen.«

»Tun Sie's nicht, Lenz!« rief ich beschwörend. »Sie ist doch noch ein halbes Kind und zu Tode verängstigt. Man wird sie tatsächlich zum Wahnsinn treiben und...«

Ich brach abrupt ab, als ich den ernsten Ausdruck im Gesicht des Direktors sah.

»Sie können sich darauf verlassen, Mr. Duluth, daß ich alle meiner Obhut unterstellten Patienten zu schützen wissen werde.« Er wandte sich an den Captain. »Im Moment kann ich höchstens einem Nervenarzt oder Psychiater erlauben, mit Miß Pattison zu sprechen.«

»Na, schön!« knurrte Green gereizt. »Dann werde ich sofort Doktor Eismann kommen lassen. Er ist im Augenblick zwar mit einem anderen Fall beschäftigt, aber ich denke, daß er gegen zweiundzwanzig Uhr hier sein kann. Er ist staatlich vereidigter Nervenarzt, und falls er etwas herausbekommt...«

»Falls er feststellen sollte, daß ich Tatsachen in bezug auf Miß Pattisons Zustand falsch interpretiert habe, bin ich bereit, mein Sanatorium zu schließen!«

Zu meiner Überraschung hörte ich jetzt John Clarke respektvoll fragen: »Dr. Lenz, wäre es für jemanden, der nicht... ah... verrückt ist, möglich, in dieser Anstalt Aufnahme zu finden? Ich meine, wenn er sich nur für verrückt ausgibt?«

»Das wäre möglich«, räumte Dr. Lenz ein. »Genau wie ihr Polizisten ja nie mit absoluter Gewißheit sagen könnt, wie kriminell jemand veranlagt ist, so können auch wir Ärzte nicht immer mit letzter Bestimmtheit beurteilen, wie geisteskrank eine Person wirklich sein mag. Wir können ein lebendes Gehirn nicht unters Mikroskop legen. Unsere erste Regel lautet, alles zu glauben, was unsere Patienten uns sagen. Dann beobachten wir sie sehr aufmerksam, bis wir nach einiger Zeit aufgrund gesammelter Erfahrungen eine Diagnose stellen können.«

»Um es einmal klar und verständlich auszudrücken«, mischte sich Green ungeduldig ein, »so hätte Miß Pattison sich unter dem Vorwand, nicht ganz normal zu sein, hier einschleichen und euch Ärzten etwas vormachen können, um ihren Plan, Laribee zu ermorden, durchzuführen und...«

»Dann hätte sie aber schon eine erstklassige Schauspielerin sein müssen«, sagte Dr. Moreno. »Immerhin ist sie bereits sechs Monate bei uns.«

Das Wort ›Schauspielerin‹ brachte mich jäh auf eine Idee.

»Weil wir gerade von Schauspielerin reden«, mischte ich mich aufgeregt ein. »Mr. Laribee hat eine Tochter, die in Hollywood Schauspielerin ist. Hat sich schon jemand mit ihr in Verbindung gesetzt?«

»Die Polizei von Los Angeles ist verständigt worden«, antwortete Captain Green kurz.

»Wegen der Beerdigung wohl weniger, aber wegen einer Million Dollar!« rief ich mit wachsender Begeisterung. Dann kam mir noch eine Idee. Ich wandte mich an den Direktor. »Darf ich einmal Ihr Telefon benutzen, Dr. Lenz?«

Er warf Captain Green einen fragenden Blick zu.

»Ich will nicht, daß von dieser Geschichte etwas in die Presse kommt, bevor wir greifbare Resultate vorweisen können.«

»Ich werde kein Wort von diesem Fall erwähnen! Sie können ja zuhören.«

»Mit wem wollen Sie denn telefonieren?«

»Mit dem Produzenten Prince Warberg. Ich möchte etwas mehr über diese Tochter erfahren.«

»Wozu diese Zeitverschwendung?« fragte Moreno und zuckte die Schultern. »Aller Voraussicht nach ist sie doch in Kalifornien, während der Mord hier begangen wurde.«

»Ich denke an das Motiv«, sagte ich drängend. »Ich könnte mir eine ganze Menge Leute vorstellen, die nichts dagegen hätten, für eine Million Dollar ihren Vater oder Schwiegervater aus dem Wege zu räumen. Die Tochter soll mit einem Schauspieler verheiratet sein, den niemand bisher gesehen hat, nicht einmal Laribee. Angeblich soll dieser Mann früher einmal Arzt gewesen sein. Für ihn wäre ein Sanatoriumsaufenthalt doch durchaus logisch.«

»Einverstanden«, sagte Green. »Meinetwegen rufen Sie diesen Warberg an, aber erwähnen Sie ja nichts von diesem Fall!«

Ich griff sofort nach dem Telefonhörer und meldete das Ferngespräch an. Die Verbindung kam überraschend schnell zustande. Ich dankte dem Himmel, als ich Prince Warbergs Stimme hörte. »Um Gottes willen, was wollen Sie denn von mir? Ich dachte, Sie wären kurz und schmerzlos in der Versenkung verschwunden!« Ich mußte mir seine gutmütigen Foppereien noch ein Weilchen gefallen lassen, bevor ich endlich auch einmal zu Wort kam. »Kennen Sie eine Filmschauspielerin namens Sylvia Dawn?«

»Nur ganz flüchtig.«

»Erkundigen Sie sich genau nach ihr, ja? Finden Sie alles über sie heraus, welche Rollen sie gespielt hat, wie gut sie ist, wie sie aussieht, eben alles, verstehen Sie? Soll auch verheiratet sein. Versuchen Sie auch, über ihren Mann alles in Erfahrung zu bringen, was nur möglich ist.«

»Mein armer, lieber Pete«, sagte Warburg. »Steht's denn wirklich so schlimm um Sie?«

»Und wenn Sie schon dabei sind – stellen Sie fest, ob ihr Mann Arzt ist oder war, wo er studiert hat, welche Examen er abgelegt hat und so weiter. Vor allem aber auch, wo er im Moment ist. Und noch etwas. Ich brauche alle diese Informationen unbedingt bis heute abend spätestens halb zehn, ja?«

Nachdem er versprochen hatte, sein Bestes zu tun, legte ich aufatmend den Hörer zurück.

Lenz machte der Konferenz ein Ende, indem er sagte: »Auf einem Punkt muß ich aber unbedingt bestehen, und das gilt für Sie alle. Das Leben hier im Sanatorium muß für alle Patienten wie gewohnt weitergehen. Ich begreife durchaus den extremen Ernst der Lage, aber die Insassen dürfen nicht noch mehr aufgeregt werden, als es ohnehin schon der Fall ist. Moreno, geben Sie bitte dem Personal genaue und schärfste Anweisung, den Dienstbetrieb aufrechtzuerhalten, als wäre überhaupt nichts geschehen.«

Jupiter hatte gesprochen. Für uns Sterbliche gab es nichts mehr zu sagen.

Als ich in den Flügel Zwei zurückkam, machte ich mich auf die Suche nach Geddes, doch in den Gemeinschaftsräumen konnte ich ihn nirgendwo entdecken. Ich beschloß, in seinem Zimmer nachzusehen. Es war bereits dunkel geworden, aber niemand schien bisher daran gedacht zu haben, das Licht im Haus einzuschalten. Während ich über die halbdunklen Korridore ging, überkam mich ein eigenartiges Gefühl, das sich rasch zu Panik steigerte, als ich daran dachte, daß diese Stimme, die Geddes gehört hatte, bisher noch nie gelogen hatte. Die Stimme hatte Geddes gewarnt und seinen Namen mit denen von Fogarty und Laribee in Verbindung gebracht. Falls jemand ihm also wirklich etwas antun wollte, hätte sich gar keine bessere Gelegenheit als jetzt anbieten können. Das Personal war hinreichend beschäftigt – und Geddes lag nun vielleicht ganz allein in seinem Zimmer und schlief.

Geddes lag tatsächlich auf seinem Bett, aber keineswegs im Schlaf. Während ich einen Moment regungslos auf der Türschwelle verharrte, vermeinte ich noch einmal diese Worte zu hören, die er auf dem Squash-Court als die Warnung der mysteriösen Stimme wiederholt hatte: *Fogarty war der erste. Sie, Laribee und Duluth werden die nächsten sein!*

Selbst in meinem benommenen Zustand konnte mir nicht entgehen, daß Geddes genauso gefesselt war wie Fogarty. Zwar fehlte die Zwangsjacke, aber er lag auf dem Bauch, die Hände unter dem Leib, eine zusammengedrehte Binde um den Hals gewickelt und mit den nach oben gekrümmten Beinen verbunden. In seinem Mund steckte ein Taschentuch als Knebel.

Sekundenlang stand ich wie gelähmt da, dann glaubte ich eine leichte Bewegung zu erkennen, ein Zucken am Halsmuskel. Seine Augen starrten verzweifelt nach vorn, aber Gott sei Dank waren es nicht die Augen eines toten Mannes.

Das brachte mich wieder zur Besinnung. Ich sprang zum Bett hinüber und fummelte unbeholfen an der Binde herum. Meine überstürzten, plumpen Versuche, das erstaunlich widerstandsfähige Gewebe zu entfernen, dürften Geddes halb erstickt haben.

Er war total benommen, konnte sich kaum bewegen und brachte zunächst auch kein Wort heraus. Irgendwie schaffte ich es, ihn auf dem Rücken lang auszustrecken, dann begann ich die roten Striemen um Hals und Handgelenke behutsam zu massieren. Ich weiß nicht, wie lange ich mich so mit ihm beschäftigte, aber schließlich spürte ich doch, wie sich sein Körper unter meinen Fingern entkrampfte und entspannte. Stöhnend richtete er sich nach einer Weile in sitzende Position auf und reckte sich in den Schultern. Auch seine Augen verrieten wieder Leben, und sein Blick wanderte langsam zu dem Verbandshaufen auf dem Fußboden. Als er jedoch zu sprechen versuchte, wollten die Worte noch immer nicht über seine Lippen kommen. Ich brachte ihm ein Glas Wasser, und das schien etwas zu helfen. Nachdem er gierig getrunken hatte, krächzte er unter verzerrtem Lächeln: »Und ich dachte immer, Verbände sind zum Heilen da. Sie scheinen aber auch zum Quälen ganz gut geeignet zu sein.«

Während ich den Haufen anstarrte, fielen mir Mrs. Fogartys Worte ein, als sie in jener Nacht Miß Powells ›Schätze‹ an Dr. Stevens ausgehändigt hatte: *Jetzt fehlen nur noch zwei Bandagen und die Stoppuhr.*

Mühsam kam Geddes auf die Beine. Eifrig wollte ich ihn ausfragen, aber er konnte sich natürlich an nichts erinnern. Er wußte nur noch, daß er diesen Film gesehen hatte. Was sich danach abgespielt hatte, war aus seinem Gedächtnis ausgelöscht – bis auf einen Alptraum, in dem eine Riesenschlange ihn zu Tode gewürgt hatte. Als er aufgewacht war, hatte er sich in diesem gefesselten und hilflosen Zustand befunden, genauso hilflos, wie er im Griff dieser Traumschlange gewesen war.

»Ich muß wohl gerade erst ein paar Minuten vor Ihrem Auftauchen wieder zu mir gekommen sein, Duluth«, sagte er sichtlich mitgenommen. »Sie haben mir das Leben gerettet.«

Wir grinsten einander an und sahen ein bißchen verlegen drein. Aber ich begriff nur allzu gut, wie recht er hatte. Es war nur einem glücklichen Umstand zu verdanken, daß ich Geddes noch rechtzeitig gefunden hatte.

»Und jetzt hole ich wohl am besten Miß Brush«, sagte ich.

»Nein, nein, es geht schon wieder«, lehnte er sofort ab. Er setzte sich auf die Bettkante und betrachtete seine geschwollenen, stark geröteten Handgelenke. »Ich möchte erst wieder ein bißchen Ordnung in meine Gedanken bringen. Jetzt verstehe ich, warum diese verdammte Stimme mich gewarnt hat. Aber warum hat man mich nicht einfach im Schlaf erdrosselt, statt diesen verrückten Trick anzuwenden?«

»Fogarty wurde auf die gleiche Weise getötet«, sagte ich.

»Waaas...?« Der Engländer starrte mich in staunendem Entsetzen an.

»Ja. Und erzählen Sie mir um Gottes willen alles, was Sie wissen! Was zu einer Erklärung beitragen könnte.«

Geddes' Augen hatten einen stahlharten Glanz angenommen.

»Man muß versucht haben, mich zu ermorden, weil man wohl glaubte, daß ich wüßte, wer Fogarty getötet hat«, sagte er.

Für einen Moment quoll wilde Hoffnung in mir auf.

»Und...?« drängte ich. »Wissen Sie es wirklich?«

»Nein. Das ist ja gerade der verdammte Teil an dieser Geschichte.« Er lächelte flüchtig. »Ich habe das alles für nichts und wieder nichts durchgemacht. Samstagnacht, kurz nach dem Tanz, wollte ich zufällig noch mal mit Fogarty sprechen, um ihn zu bitten, meine Behandlungszeit mit Billy Trents Termin zu tauschen. Ich bin in den Massageraum gegangen, weil ich gedacht hatte, ihn dort vielleicht anzutreffen.« Ich nickte.

»Dann habe ich Stimmen gehört. Eine davon gehörte Fogarty. Ich habe die Tür aufgestoßen und hineingesehen, konnte aber niemanden entdecken. Sie müssen in der Nische gewesen sein. Als ich Fogartys Namen rief, wurden sie sofort still.« Er zuckte die Schultern. »Dann sah ich ein paar Sachen auf dem Boden liegen. Nun ja, wir alle kannten ja Fogartys Ruf in bezug auf Frauen. Da habe ich mich taktvoll zurückgezogen.«

»Aber haben Sie die andere Stimme nicht erkannt?«

»Leider nein. Wer denkt denn schon an so was? Sie war mir zwar vorgekommen wie eine Frauenstimme, aber das kann auch nur daher rühren, daß ich die ganze Situation eben mit einer Frau in Verbindung brachte.«

»Sie müssen also kurz vor dem Mord dort unten gewesen sein«, überlegte ich. »Verständlich, daß man etwas gegen Sie hat. Man kennt doch Ihre Stimme und hat sicher geglaubt, daß Sie etwas gesehen oder gehört haben könnten.«

Der Engländer knurrte: »Das alles kann ich auch durchaus begreifen, aber ich vermag nicht einzusehen, weshalb man mich vorher gewarnt hat. Es wäre doch viel sicherer gewesen, mich sofort für immer zum Schweigen zu bringen.«

»Nicht unbedingt. Solange Sie nichts weiter als ein verhätschelter Patient waren, dem man nichts von Fogartys Tod gesagt hatte, stellten Sie doch kaum eine Gefahr dar, Geddes. Und Sie geben ja selbst zu, daß Sie diesen Zwischenfall längst wieder vollkommen vergessen hatten. Erst nachdem ich geplappert hatte, wurden Sie zu einer ernsthaften Gefahr. Ich fürchte, daß ich – wie üblich – auch für diese Sache hier wieder einmal mehr oder minder verantwortlich bin. Jemand muß uns auf dem Wege zur Filmvorführung belauscht haben.«

Danach sagten wir beide eine ganze Weile nichts mehr.

»Aber da ist noch eine Sache, die mich wundert«, sagte Geddes schließlich nachdenklich. »Wie konnte ich denn die ganze Zeit über hier so verschnürt liegen, ohne daß jemand vom Personal mich gefunden hat?«

Jetzt erst erinnerte ich mich, daß sein Anfall ja bereits kurz nach Beginn der Filmvorführung eingesetzt hatte, so daß er überhaupt nichts vom falschen Feueralarm wußte – und damit auch nicht von dem Mord an Laribee und dem anschließenden Chaos. Rasch begann ich ihm alles von Anfang an zu erzählen. Es war eine ordentliche Wohltat, mir einmal alles von der Seele reden zu können. Ich erzählte ihm sogar von Iris und meinem überstürzten Entschluß, etwas für sie zu tun, bevor der Nervenarzt heute abend um zehn Uhr hier eintreffen würde.

Zunächst schien er immer noch reichlich benommen und verblüfft zu sein, doch nach und nach konnte er sich dann doch alles zusammenreimen.

»Man hat also erst Laribee ermordet und wollte mich gleich anschließend ins Jenseits befördern«, murmelte er grimmig. »Doppelmord an einem Nachmittag. Ganz schön ehrgeizig. Aber Ihnen hat man auch gedroht, Duluth. Bisher scheinen Sie Glück gehabt zu haben.«

»Nicht so voreilig«, meinte ich grinsend. »Wer weiß, ob ich diese Nacht überlebe? Aber ich habe mir vorgenommen, einen Höllenwirbel zu veranstalten, bis ich herausgefunden habe, wer dahintersteckt. Eigentlich hatte ich gehofft, daß Sie mir dabei ein bißchen helfen könnten.«

Geddes saß einen Moment ganz still da, dann fuhr er langsam mit einer Hand über seinen geschwollenen Hals.

»Und ich habe mich entschieden, das Sanatorium zu verlassen. Ich habe genug von diesem Narrenhaus! Aber falls ich noch irgend etwas für Sie tun kann...«

»Das ist sehr anständig von Ihnen.«

»Anständig!« echote er. »Glauben Sie etwa, daß ich nicht genauso scharf darauf bin, dieses Schwein in die Finger zu bekommen?«

»Also dann: zwei gegen die ganze Welt, was? Ganz rührend, aber was sollen wir jetzt tun?«

»Na, was haben wir denn, womit etwas anzufangen wäre?«

»Herzlich wenig. Da ist zum Beispiel meine Ahnung in bezug auf den Schwiegersohn. Vielleicht hält er sich unter irgendeiner Verkleidung hier im Sanatorium auf.«

»Vielleicht. Und die Tochter auch. Hört sich zwar reichlich verrückt an, aber sie ist ja Schauspielerin, wie Sie sagten. Und Laribee war ganz schön wütend. Sie könnte sich also durchaus so hergerichtet haben, daß nicht einmal er sie erkennen konnte.« Nachdenklich fügte er hinzu: »Und dann ist da natürlich auch noch das Personal. Das scheint mir in gewisser Hinsicht erfolgversprechender zu sein. Sie haben doch selbst gesagt, daß alle ein finanzielles Interesse an diesem Sanatorium haben, und der Tod des alten Laribee bringt immerhin eine halbe Million ein. Lenz selbst zu verdächtigen ist natürlich absurd, aber einige der anderen...«

»Ja«, unterbrach ich ihn lebhaft. »Und da wir gerade dabei sind, uns so despektierlich zu benehmen – wie wär's mit Miß Brush? Wenn dieses Testament gültig wäre...«

»Das Testament hatte ich ganz vergessen. Sie haben es also immer noch, sagten Sie? Und niemand sonst weiß davon? Damit müßte sich eigentlich etwas anfangen lassen.«

Ich hatte auch das Gefühl, daß wir einer brauchbaren Idee nahekamen. Geddes drückte sie zuerst aus.

»Hören Sie«, begann er. »Wir können mit ziemlicher Gewißheit annehmen, daß sich diese ganze Affäre in der Hauptsache um Laribee gedreht hat. Wer ihn umgebracht hat, muß hinter seinem Geld her sein. Also wird man doch jetzt dieses Testament haben wollen, oder?«

»Was meinen Sie?«

»Hören Sie gut zu«, fuhr er fort. »Von Laribees Testament profitiert doch praktisch fast jeder vom Personal. Wenn also einer von ihnen den Millionär ermordet hat, dann wird er auch alles daran setzen, dieses Testament in die Finger zu bekommen und zu vernichten, und sei es auch nur für den Fall, daß es sich später doch als gültig herausstellen könnte. Aber auf der anderen Seite suchen wir ja auch nach einer Person, die von diesem Testament profitieren würde – und diese Person wird versuchen, sich ebenfalls in den Besitz dieses Testaments zu bringen, um das Geld zu beanspruchen. Hört sich doch durchaus vernünftig an.«

»Himmel, ja!« antwortete ich begeistert. »Wir haben also trotz allem eine Trumpfkarte in der Hand. Nur, wie zum Teufel, sollen wir sie ausspielen?«

Geddes strich nachdenklich über seinen Schnurrbart. »Wenn wir es irgendwo unterbringen könnten, an irgendeinem Platz, den nur der Mörder kennt...«

»He, Moment mal!« unterbrach ich ihn. »Wir wissen doch, daß sich der Täter auf die eine oder andere Weise Miß Powells bedient haben muß, um die Gegenstände aus dem Behandlungszimmer zu stehlen. Als ich sie von dem beabsichtigten Messerdiebstahl reden hörte, hat sie gesagt: ›*... und ich kann sie in diesem Musikinstrument verstecken*‹. Offensichtlich ist das der Ort, wo der Täter von ihr die gestohlenen Dinge verbergen läßt.«

»Ja, schon möglich. Aber was nun?«

»Ist doch ganz einfach«, rief er. »Wir bringen das Testament dort unter, lassen den Mörder wissen, daß es dort ist, und warten dann auf ihn, wenn er es holen kommt.«

»Unglücklicherweise wissen wir aber nicht, wer der Mörder ist«, sagte Geddes. »Also können wir ihn wohl kaum wissen lassen, was wir getan haben.«

»Dann werden wir es eben allen erzählen müssen«, beharrte ich. »Und zwar auf eine Weise, die nur dem Mörder verständlich sein kann. So eine Art Nachahmung meines berühmten psychoanalytischen Experiments.«

»Und wie machen wir das?«

Im Moment schien meine Inspirationsquelle versiegt zu sein, doch dann sprudelte sie sofort weiter.

»Ich hab's!« rief ich aufgeregt. »Wir können auf einen weiteren unfreiwilligen Mitarbeiter des Mörders zurückgreifen. Ich bin ziemlich sicher, daß er auch Fenwick benutzt hat, um von diesem die falschen Botschaften verkünden zu lassen. Warum sollten wir also nicht auch eine solche Botschaft erfinden. Mit ein bißchen Glück können wir Fenwick vielleicht überzeugen, eine offizielle Ankündigung der Astralebene erhalten zu haben, daß Laribee ein neues Testament gemacht und bei dem Musikinstrument versteckt hat.«

»Gut und schön«, gab Geddes zu. »Aber das würde nur bei den Patienten klappen. Sollte der Mann, auf den wir es abgesehen haben, jedoch zum Personal gehören, würde er doch sofort Lunte riechen. Wir müssen uns schon etwas anderes einfallen lassen. Hören Sie, Duluth, Sie genießen doch mehr oder weniger ihr Vertrauen, nicht wahr? Warum erzählen Sie ihnen nicht irgendeine Geschichte? Behaupten Sie doch einfach, gesehen zu haben, wie Miß Powell kurz vor der Filmvorführung Laribee etwas aus der Tasche gezogen hat. Sie haben gehört, wie sie dabei etwas von einem Musikinstrument vor sich hin gemurmelt hat. Reichlich dürftig, zugegeben, aber in dieser Anstalt ist man ja daran gewöhnt, praktisch alles zu schlucken.«

»Ausgezeichnet!« Ich stand auf und ging in dem kleinen Zimmer auf und ab. »Ich werde das Testament beim Musikinstrument verstecken. Fenwick und ich werden die ›Botschaft‹ zirkulieren lassen, und dann...« Ich sah ihn aufgeregt an – »...können Sie einen Ihrer Anfälle simulieren?«

»Das wohl kaum, aber ich könnte so tun, als sei ich eingeschlafen.«

»Das reicht. Alle sind ja daran gewöhnt, daß Sie in jedem beliebigen Moment einschlafen können. Sie setzen sich also irgendwo in der Nähe des Musikinstruments hin, und dann dösen Sie einfach ein. Man wird sich das Testament direkt vor Ihrer Nase schnappen, ohne Sie auch nur zu beachten.«

»Ein perfekter Plan, um einen beinahe perfekten Mörder zu fangen«, murmelte Geddes. »Aber ...« Er brach ab, und ich sah, wie ein flüchtiges Lächeln um seine Lippen huschte. »Oh, wir gottverdammten Idioten, Duluth! Das Wichtigste haben wir ganz vergessen, Mann! Wir haben doch nicht die blasseste Ahnung, um was für ein Musikinstrument es sich überhaupt handelt!«

Ich kam mir vor wie ein angestochener Luftballon.

»Vielleicht in der Nähe des Radios?«

»Oder vom Klavier oder vom Grammophon ganz hinten im Raum«, murmelte Geddes. »Ich fürchte, wir müssen doch noch mal ganz von vorn anfangen, Duluth, es sei denn, daß wir von Miß Powell etwas erfahren. Nur sie könnte es uns sagen.«

»Das bezweifle ich«, sagte ich niedergeschlagen. »Ich verstehe nicht viel von Psychologie, aber ich möchte doch beinahe annehmen, daß sie genausowenig wie wir weiß, um welches Musikinstrument es sich handelt. Sie tut doch alles mehr oder minder nur im Unterbewußtsein. Wenn sie normal ist, verdrängt sie jeden Gedanken daran aus ihrem Geist.«

Geddes sprang plötzlich vom Bett auf. »Warum versuchen wir's nicht wieder mit einem Trick Ihrer Freunde? Wir müssen das Unterbewußtsein dieser Frau ansprechen. Haben Sie irgendein Schmuckstück, Duluth?«

Ich deutete auf einen Ring an meinem Finger.

»Sie sagen doch, daß sie Dinge stiehlt, während sie sich mit Leuten unterhält«, fuhr der Engländer ruhig fort. »Und sie versteckt sie an bestimmten Orten. Mit ein bißchen Glück ...«

»... könnten wir sie dazu bringen, den Ring zu stibitzen und beim Musikinstrument zu verstecken«, unterbrach ich ihn rasch.

»Wir wollen das kleine Wunder am besten gleich heute abend vollbringen, Duluth. Wir gehen gegen zwanzig Uhr in die Gemeinschaftshalle. Dann haben wir noch zwei Stunden Zeit bis zum Eintreffen des Nervenarztes. Sie bearbeiten sofort Miß Powell, und ich bringe Fenwick dazu, diese Botschaft zu verbreiten. Dann verstecken wir das Testament, und ich schlafe ein. Sie brauchen nur noch dem Personal Ihre Story aufzutischen, dann kann's losgehen.«

»Aber selbst wenn jemand das Testament an sich nehmen sollte«, sagte ich, »wird das als Beweis genügen, um die Polizei zu überzeugen?«

»Es wird ausreichen, sie zum Nachdenken anzuregen«, murmelte Geddes. »Und das ist im Moment wohl alles, worauf wir hoffen können.« Er starrte wieder auf seine geschwollenen Handgelenke. »Meinen Sie, daß ich diesen Zwischenfall melden sollte?« fragte er schließlich.

Wir kamen überein, vorläufig nichts davon zu erwähnen. Möglicherweise würde ihn die Polizei gerade dann vernehmen wollen, wenn unser Plan in die Tat umgesetzt werden sollte.

Als wir die Verbände vom Boden aufrafften und zunächst unter der Matratze versteckten, fiel mir das Taschentuch in die Finger, das als Knebel benutzt worden war. Überrascht starrte ich auf die dunklen Blutflecken. »Sie haben geblutet«, sagte ich zu Geddes.

Er nahm mir das Taschentuch aus der Hand und betrachtete es stirnrunzelnd.

»Das ist nicht mein Taschentuch«, sagte er. »Ich benutze immer diese braunseidenen Tücher, die ich in Indien für zehn Cents pro Stück gekauft habe.«

»Aber Blut ist jedenfalls darauf.«

»Ich überlege...« Geddes wandte mir das Gesicht zu. »Sehen Sie mich einmal gut an, Duluth. Blute ich irgendwo? Oder habe ich irgendwo geblutet?«

Ich untersuchte ihn sehr sorgfältig. Sein Hals war noch stark gerötet, doch weder innerhalb noch außerhalb seines Mundes war auch nur die geringste Verletzung zu erkennen. Wir starrten einander verblüfft an.

»So dumm kann er doch gar nicht gewesen sein!« rief Geddes schließlich. »Er würde doch niemals sein eigenes Taschentuch benutzt haben, um mich zu knebeln!«

»Möglich wäre es schon!« rief ich aufgeregt. »Sieht ganz so aus, als hätten wir etwas entdeckt. Verstehen Sie denn nicht? Das ist höchstwahrscheinlich Laribees Blut. Das Taschentuch dürfte dazu benutzt worden sein, um die Fingerabdrücke vom blutigen Messer abzuwischen!« Wir starrten uns immer noch an wie zwei Kinder, die unverhofft auf einen vergrabenen Schatz gestoßen sind.

»Jetzt werden wir's doch der Polizei erzählen müssen«, sagte Geddes. »Ein so wichtiges Beweisstück dürfen wir nicht zurückhalten.«

»Okay. Wir werden es Clarke erzählen. Er ist ein guter Bursche und alter Kumpel von mir. Wir werden seine Hilfe sowieso brauchen, falls bei unserem Vorhaben heute abend etwas herauskommen sollte. Ich werde ihm das Taschentuch geben und ihn bitten, herauszufinden, wem es gehört.«

»Fein.« Geddes hatte sich vor den Spiegel gestellt und betrachtete mißmutig sein mitgenommenes Aussehen. »Damit wäre ja alles klar – bis auf meine Hose«, murmelte er. »Sagen Sie, Duluth, könnten Sie Ihrem Freund Clarke nicht auch noch bitten, meine Hose aufzubügeln?«

»Ich will sehen, was ich tun kann«, versprach ich ihm.

Die Identität des neuen Wärters war für mich längst

kein Geheimnis mehr. Als ich ihn einmal dabei beobachtet hatte, wie er recht ungeschickt mit einem Stapel Handtücher umging, war mir plötzlich alles wieder eingefallen. Clarke war einer der Polizisten gewesen, die damals nach dem Theaterbrand vor zwei Jahren die Untersuchung geführt hatten.

»War recht dumm von mir, daß ich Sie nicht wiedererkannt habe, was?« hatte ich ihn gefragt.

Er hatte mich fröhlich angegrinst und gesagt: »Ich habe mir schon gedacht, daß Sie mich nicht vergessen würden, aber ich hatte Anweisung, mir nichts anmerken zu lassen.«

»Sie sollen also ein Auge auf uns Verrückte hier haben?«

Er hatte mich angeblinzelt. »Ich bin nur der neue Wärter.«

»Ich verstehe. Und wer weiß noch davon?«

»Nur Moreno und Dr. Lenz. Es war Captain Greens Idee.«

Nach dem Dinner fing ich Clarke auf dem Korridor ab und sagte zu ihm: »Ich habe etwas gefunden.« Dann zeigte ich ihm das blutige Taschentuch. Er nahm es und untersuchte es gründlich. »In meinem Apartment stehen noch drei volle Kisten Whisky«, fuhr ich fort. »Ich werde sie nicht mehr brauchen, wenn ich hier rauskomme. Sie gehören Ihnen, wenn Sie herausbekommen, wem dieses Taschentuch gehört.«

Er sah mich zweifelnd an.

»Sie brauchen Green nichts zu verschweigen«, fügte ich drängend hinzu. »Nur, warten Sie, bis ich Ihnen Bescheid sage, ja?«

Clarke nickte und steckte das Taschentuch ein. »Okay, ich werde es heute abend erledigen. Sonst noch was?«

»Ja. Ich hoffe, heute abend die Karten aufdecken zu können. Wenn ich Sie bitte, eine ganz bestimmte Person zu beobachten, werden Sie sich dann wie ein Spürhund an seine Fersen heften, während ich Green verständige?«

»Für drei Kisten Scotch würde ich sogar den ganzen Abend damit verbringen, Lenz zu beschatten«, antwortete er heiter. Plötzlich schien ihm noch etwas einzufallen. »Hören Sie, Mr. Duluth«, begann er zögernd. »Was Sie heute abend vorhaben, beeilen Sie sich lieber ein bißchen damit. Dr. Eismann kommt nämlich um zweiundzwanzig Uhr, und man will Miß Pattison fortbringen.«

»Sie meinen aus dem Sanatorium?«

»Das hat Green vor.«

Er mußte mir meine Gefühle wohl vom Gesicht abgelesen haben, denn ziemlich verlegen schlug er vor: »Vielleicht könnte ich's einrichten, daß Sie sie ein, zwei Minuten sprechen können. Das verstößt natürlich strikt gegen die Anweisungen, aber Mrs. Dell ist ein guter Kumpel.«

Er forderte mich auf, ihm in diskreter Entfernung zu folgen, dann führte er mich über Korridore, von deren Existenz ich bisher nicht einmal eine Ahnung gehabt hatte.

Die Frauen waren noch beim Dinner, so daß dieser Flügel mehr oder weniger verlassen war. Clarke brachte mich in einem kleinen Alkoven unter, dann machte er sich auf die Suche nach Mrs. Dell. Man hatte Iris natürlich eingeschlossen. Clarke brauchte den Schlüssel. Das Warten kam mir wie eine Ewigkeit vor, aber endlich tauchte Clarke wieder auf. »Genau drei Minuten!« flüsterte er mir zu. »Und falls Moreno kommen sollte, verkriechen Sie sich schleunigst unters Bett! Oder es wird noch zwei Morde geben, hat Mrs. Dell behauptet.«

Er schloß die Tür auf und machte sie grinsend hinter mir zu.

Iris saß am Fenster und starrte in die abenddunkle Parklandschaft hinaus. Als sie mich sah, stand sie rasch auf, kam impulsiv auf mich zu und blieb dann zögernd stehen. »Du . . . !« flüsterte sie.

Mein Herz schlug so laut, daß ich glaubte, jeder hier im Haus müßte es hören können. Ich wollte etwas sagen, fand aber keine Worte. Ich wußte nur, daß ich Iris liebte und daß ich bei ihr war. Dann bewegte sie sich wieder, und plötzlich lag sie in meinen Armen. Keiner von uns sagte etwas. Wir hielten uns nur stumm umschlungen. Und so verging die erste der drei so kostbaren Minuten. Schließlich zog sich Iris etwas zurück, und ich konnte ihr Gesicht sehen. Ich war erstaunt und entzückt, daß diese quälende Traurigkeit aus ihren Augen verschwunden war. Jetzt funkelten sie vor gesunder Empörung.

»Weißt du, was die Polizei mit mir vorhat?« fragte sie.

Als ich zögerte, verstärkte sie den Druck ihrer Finger um meinen Arm. »Du mußt es mir sagen! Niemand sonst tut es! Mrs. Dell behandelt mich wie ein Baby und speist mich mit Ausflüchten ab. Verstehst du denn nicht? Ich muß endlich die Wahrheit wissen!«

»Man hat nach jemandem geschickt, der mit dir reden soll«, sagte ich vorsichtig. »Er wird gegen zweiundzwanzig Uhr herkommen.«

»Du meinst . . . ein Polizeiarzt?«

»Nun ja.«

»Man verdächtigt mich also doch!« Iris warf empört den Kopf in den Nacken, und jetzt funkelten ihre Augen vor Zorn. Doch dann zuckte sie leicht mit den Schultern. »Verdenken kann ich's ihnen eigentlich nicht«, murmelte sie. »Da war ja das Messer – und ich habe mich so schrecklich dumm benommen. Aber mir kam das alles doch wie ein gräßlicher Alptraum vor! Ich wußte gar nicht mehr, was ich tun sollte oder bereits getan hatte.«

»Natürlich, Darling.«

»Aber jetzt weiß ich es!« rief sie plötzlich sehr energisch. »Ich verstehe, daß alles nur ein abgefeimtes Spiel war! Beinahe hätte es ja auch geklappt, aber eben doch nicht ganz! Man hat mich nicht zum Wahnsinn treiben können!«

»Gut«, sagte ich. »Nur Mut! Und klaren Kopf behalten, Darling. Übrigens, ich habe heute abend noch etwas vor. Wir beide werden es schaffen.«

»Du und ich«, sagte Iris leise. »Was könnte wohl noch verrückter sein?« Sie war mir sehr nahe. Ihre Lippen waren weich und warm, als sie meinen Mund berührten. Als sie sich wieder zurückzog, lächelten ihre Augen immer noch. »Was ich übrigens noch sagen wollte«, begann sie. »Ich habe bisher deinen Namen überhaupt noch nicht richtig verstanden.«

»Peter«, sagte ich. »Peter Duluth.«

»Peter Duluth«, wiederholte sie und starrte mich einen Moment verblüfft an. »Du bist also wirklich Peter Duluth, und alles, was du über das Theater gesagt hast...«

»Entsprach vollkommen der Wahrheit«, unterbrach ich sie. »Ich habe dir doch von Anfang an gesagt, daß ich nicht übergeschnappt war. Jedenfalls nicht derartig übergeschnappt.«

Sie stand da und sah mich an. Allmählich wich das Lächeln aus ihrem Gesicht, und ein Ausdruck von leichter Angst kroch in ihre Augen.

»Du wirst doch alles tun, was du tun kannst, nicht wahr, Peter?« fragte sie. »Ich will ja versuchen, tapfer zu sein und alles durchzustehen, aber es wird nicht gerade angenehm sein, wenn man mich fortbringen will.«

Das brachte mich jäh wieder auf die Erde zurück. Bevor ich jedoch etwas sagen konnte, kam plötzlich Mrs. Dell mit einem Tablett herein. Sie schimpfte gehörig mit mir, und sie schimpfte auf den abwesenden Clarke. Sie schimpfte auf sich selbst, auf Moreno, auf alle hier in der Anstalt. Aber sie schimpfte nicht mit Iris. Ganz im Gegenteil, sie behandelte sie so freundlich, als wäre das Mädchen ihre eigene Tochter.

Ich hätte sie dafür küssen können.

Die Patienten waren bei der Abendveranstaltung überraschend heiter und normal. Der Feueralarm hatte ihnen Gesprächsstoff beschert, und es war ein aufregendes Erlebnis in ihrem so monotonen Leben hier in der Anstalt. Keiner von ihnen wußte wohl, daß Laribees Leiche nur etwa fünfzig Meter entfernt aufgebahrt lag oder daß es im Haus nur so von Polizisten wimmelte. Und niemand schien Iris zu vermissen. Niemand außer mir.

Der Gedanke an Iris erinnerte mich wieder an meine Aufgabe, und diese betraf in erster Linie Miß Powell. Die Jungfer aus Boston war ziemlich gewagt in Rot und Gelb gekleidet. Sie war zwar leicht genug zu sehen, aber es war schwierig, sie einmal allein zu stellen, denn sie war ständig von einer Gruppe zur anderen unterwegs. Endlich gelang es mir aber doch einmal, sie auf die Couch zu locken, wo wir das erstemal zusammengesessen hatten. Sie verwickelte mich in ein lebhaftes Gespräch über gesellschaftliche Reformen, offensichtlich ihr Lieblingsthema, und ich muß gestehen, daß ich ihr beinahe fasziniert zuhörte. An sich hatte ich sie hypnotisieren wollen, aber nun hatte sie eher mich hypnotisiert. Ich hätte schwören können, daß sie mein Gesicht keine Sekunde aus den Augen gelassen hatte. Um so überraschter und erleichterter war ich, als ich plötzlich feststellen konnte, daß mein Ring vom Finger verschwunden war. Ich hatte nicht einmal eine Berührung wie von einem Schmetterlingshauch verspürt! Aber der Ring war weg. Als Taschendiebin war diese Frau ein Phänomen! Sie hatte den Ring. Jetzt mußte ich sie nur noch irgendwie dazu bringen, ihn bei diesem ominösen Musikinstrument zu verstecken. Ich kannte ja ihre Vorliebe für Verstecke unter Kissen. Deshalb legte ich wenig gentlemanlike meine Beine auf die Couch, so daß es Miß Powell unmöglich sein dürfte, den Ring unters Kissen zu schieben. Sie war jedoch viel zu sehr Dame, um ein Wort über meine Unhöflichkeit zu verlieren.

Während sie weiter wie ein Wasserfall auf mich einredete, murmelte ich einmal vor mich hin: »Dieses Musikinstrument...« Und ich starrte dabei absichtlich auf meinen Finger, an dem bis vor kurzem noch der Ring gesteckt hatte.

Endlich! Ein Ausdruck wie leichter Alarm überschattete für einen Moment ihr Gesicht. Sie hörte zwar nicht auf zu reden, aber sie wollte verstohlen ihre Hand unters Kissen schieben. Ich hinderte sie daran, indem ich meine Füße noch fester aufdrückte. Dabei warf ich einen besorgten Blick auf die Uhr. Nur noch knapp zwei Stunden bis zum Eintreffen des Nervenarztes!

»Ja, also dieses Musikinstrument...«, murmelte ich erneut.

Jetzt brach Miß Powell abrupt ab und sprang überstürzt auf. Dann drehte sie sich einfach um und rannte quer durch den Raum. Als sie sah, wie ich ihr folgte, zeigten ihre Augen wieder diesen gehetzten Ausdruck. Sie nahm direkten Kurs auf das Klavier. Ich konnte zwar nicht alle Bewegungen ihrer Hände beobachten, aber ich wußte doch sofort, wann sie den Ring losgeworden war.

Das mysteriöse Versteck an ›diesem Musikinstrument‹ war denkbar einfach. Miß Powell hatte die Gegenstände – erst das Messer und jetzt meinen Ring – unter die Zierdecke auf dem rückwärtigen Teil des Klaviers geschoben. Dieses Versteck konnte natürlich nur für sehr dünne Gegenstände benutzt werden, und so zeigte mein Ring jetzt auch eine leichte Ausbeulung unter der Decke. Als ich noch eine weitere Ausbeulung entdeckte, glaubte ich schon für einen Moment, vielleicht gleich eine wichtige Entdeckung machen zu können. Möglichst unauffällig schob ich eine Hand unter die Decke und holte beide Gegenstände hervor. Der eine war mein Ring, der andere mein silberner Drehbleistift! Weiß der Himmel, wie es dieser Frau gelungen sein mochte, mir das Ding aus der Brusttasche zu ziehen! Aber, wie gesagt, sie war ein Genie!

Ich wandte dem Klavier den Rücken zu, holte das Testament aus der Tasche und schob es mit einer Geschicklichkeit, um die mich wahrscheinlich sogar Miß Powell beneidet hätte, unter das Ziertuch. Damit war der erste Teil unseres Plans vollendet. Ich schlenderte lässig zu Geddes hinüber, der ganz allein dasaß, und flüsterte ihm ein paar Worte zu.

»Gut«, sagte er. »Dann werde ich mir jetzt Fenwick vornehmen, während Sie sich mit dem Personal beschäftigen. Nicken Sie mir kurz zu, wenn alles okay ist. Dann werde ich neben dem Klavier einschlafen. Falls jemand das Testament holen sollte, werde ich dreimal leicht vor mich hin nicken. Beim vierten Mal werde ich in die Richtung nicken, in die sich die Person entfernt.«

Obwohl verzweifelt viel auf dem Spiel stand, fand ich unser Vorhaben auf eine beinahe kindische Art unterhaltsam und aufregend. Es kam mir vor wie ein Gesellschaftsspiel, nur daß mit einem wirklichen Mörder gespielt wurde, dessen Einsatz im Falle des Verlierens der elektrische Stuhl sein würde!

Der mir nun bevorstehenden Aufgabe mit dem Personal sah ich allerdings mit recht gemischten Gefühlen entgegen. Aber da Miß Brush und Dr. Moreno in ein Gespräch verwickelt waren, hatte ich die Chance, mit dem ersten Schlag gleich zwei Fliegen zu fangen.

»Mir ist soeben noch etwas eingefallen«, sagte ich. »Etwas über Laribee.«

Miß Brush vergaß das Lächeln, und Dr. Moreno zischte sofort: »Pscht...!« Dann sah er sich hastig um, ob einer der anderen Patienten etwas gehört haben könnte.

»Wahrscheinlich ist's ja gar nicht so wichtig«, fuhr ich fort. »Aber als wir heute nachmittag zur Filmvorführung gingen, sah ich, wie Miß Powell ein Papier aus Laribees Tasche zog. Und ich glaube, sie hat dabei etwas von einem Musikinstrument vor sich hingemurmelt.«

Morenos Gesicht blieb unbewegt, aber Miß Brush stieß ziemlich nervös hervor: »Ein Stück Papier, sagten Sie?«

»Ja.« Ich starrte ihr in die dunkelblauen Augen. »Vielleicht handelt es sich um das Papier, das Laribee geschrieben hat, nachdem er sich von Ihnen den Füllfederhalter ausgeliehen hatte.«

»Damit wollte er doch nur einen Brief an seine Tochter schreiben.« Da sie den Kopf zur Seite gedreht hatte, konnte ich ihren Gesichtsausdruck nicht erkennen. Moreno machte eine Bemerkung, daß die Behörden davon verständigt werden müßten, dann entließ er mich mit einem eisigen Blick.

Mein nächster Angriff galt Stevens. Er stand allein in einer Ecke und beobachtete besorgt seinen Halbbruder. Meiner wenig plausiblen Geschichte von der Boston-Jungfer und dem Testament schenkte er jedoch kaum Beachtung. Er schüttelte nur den Kopf und murmelte etwas Unhörbares vor sich hin, als Geddes herankam. Der Engländer sagte, er fühle sich ein wenig schläfrig. Ein ernster Anfall würde es aber wohl kaum werden, weshalb er Dr. Stevens bat, in der Halle bleiben zu dürfen, selbst wenn er ein bißchen einschlafen sollte.

»Gut, gut, Mr. Geddes. Bitten Sie Dr. Moreno um ein paar von diesen Tabletten. Er wird sie Ihnen im Behandlungszimmer geben.«

Ich brachte inzwischen meine unwahrscheinliche Story auch bei den übrigen Mitgliedern des Personals so nach und nach an den Mann. Von Mrs. Fogarty erntete ich ein bedauerndes Kopfschütteln. »Die arme Miß Powell! Dabei ist sie doch sonst so vernünftig.«

Ich beschäftigte mich gerade mit Warren, als ich sah, wie Clarke verstohlen die Halle betrat. Dann sah ich, wie Geddes zurückkam und mich hoffnungsvoll vom anderen Ende des Raumes her ansah. Ich nickte zum Zeichen, daß ich mit meiner Aufgabe fertig war. Er schlenderte mit bewundernswerter Nonchalance zum Klavier, setzte sich in strategisch günstiger Position in einen Sessel und sah verschlafen drein.

Die Falle war aufgestellt, die Bühne für den großen Auftritt vorbereitet. Jetzt brauchte nur noch unser unbekannter Star die Hauptrolle zu spielen.

Während ich an der Wand lehnte und die Szenerie beobachtete, entdeckte ich ein merkwürdiges Phänomen. Anfänglich hatten alle Patienten einen heiteren, gelockerten Eindruck gemacht. Doch nun schien sich die Atmosphäre allmählich zu ändern. Die Unterhaltung schlief mehr und mehr ein. Dann begriff ich, daß Fenwick die Ursache war. Geddes mußte gute Arbeit geleistet haben, denn der Spiritualist wanderte von Gruppe zu Gruppe, winkte Leute beiseite und tuschelte mit ihnen. Wenn er weiterging, ließ er stets Nervosität und Spannung hinter sich zurück. Mehrmals hörte ich auch den Namen Laribee. Zum erstenmal erkundigten sich die Patienten nach dem Millionär und wunderten sich wohl, wieso er nicht hier war. Ich warf einen Blick auf die Uhr. Fünfundzwanzig Minuten vor neun. Bald bemerkte ich, daß auch dem

Personal die nervöse Spannung unter den Patienten auffiel. Stevens ging rasch auf seinen Halbbruder zu und redete ernsthaft auf ihn. Miß Brush versuchte mit herzlich wenig Erfolg, sich stärker auf ihr Bridge-Spiel zu konzentrieren. Mrs. Fogarty wanderte in ihrem altmodischen, malvenfarbenem Kleid herum, und Moreno gab sich so jovial, daß es ihm beinahe weh tun mußte. Doch all ihre vereinten Bemühungen vermochten nicht, Fenwicks Arbeit ungeschehen zu machen. Die Geisterbotschaft in Verbindung mit Laribees Abwesenheit hatte die Patienten beinahe bis zur Hysterie aufgeregt. Ich befürchtete schon, daß man uns alle vorzeitig zu Bett schicken könnte, womit unser schöner Plan natürlich vereitelt worden wäre, als zu meiner Erleichterung plötzlich Dr. Lenz auftauchte. Allein sein Anblick schien wie ein starkes Beruhigungsmittel zu wirken. Der Direktor kannte aber noch ein psychiatrisches Mittel, um gereizte Nerven zu beruhigen. Musik! Ich sah, wie er zu Stroubel hinüberging. Dann näherten sich beide dem Klavier. Lenz hob eine Hand, lächelte wohlwollend und kündigte an: »Mr. Stroubel wird so freundlich sein, etwas für uns zu spielen.« Er gab Warren ein Zeichen. Der Wärter holte einen Stuhl und öffnete den Klavierdeckel. Einen Moment lang befürchtete ich schon, daß er auch die Decke entfernen könnte. Ich sah, wie er danach greifen wollte. Doch dann wurde er von Stroubel abgelenkt, der eine Vase aus dem Weg geräumt haben wollte.

Geddes befand sich bereits in Position und täuschte sehr echt vor, eingedöst zu sein. Stroubel spielte die Mondscheinsonate, und wenn ich ansonsten Beethoven-Musik auch nicht gerade sonderlich mochte, so wurde ich diesmal doch vom Spiel des berühmten Dirigenten gepackt. Die anderen auch. Die Sorgenfalten auf den Gesichtern glätteten sich, und die Augen leuchteten, als spiegelten sie das weiche Mondlicht der Musik wider. Laribee, das Sanatorium, alle Sorgen, ob nun real oder nur eingebildet – alles war vergessen. Nachdem Stroubel zu Ende gespielt hatte, schlüpfte Lenz unbemerkt aus dem Raum, während sich die übrigen Anwesenden um das Klavier drängten. Auf allgemeines Drängen hin spielte Stroubel noch etwas von Brahms. Anschließend wurde das Klavier zum Dreh- und Angelpunkt. Geddes dürfte Herkulesarbeit zu verrichten haben, um diese Menge im Auge zu behalten. Schließlich ging ich selbst auch hinüber, drängte mich durch die anderen und blieb am hinteren Ende des Klaviers in der Nähe des Verstecks stehen. Meine Finger schoben sich unauffällig unter das Tuch und tasteten ein wenig auf der blankpolierten Platte herum. Nichts! Das Testament war weg! Einer dieser Leute um mich herum mußte es also genommen haben. Der Plan hatte geklappt.

Geddes lag immer noch in seinem Sessel und schien zu schlafen. Mir wurde beinahe übel vor Angst, wenn ich nur daran dachte, daß er tatsächlich eingeschlafen sein könnte. Ich starrte intensiv zu ihm hinüber, wagte aber nicht, mich ihm zu nähern. Plötzlich machte er die Augen auf. Dann nickte er dreimal kaum merklich vor sich hin. Er drehte sich ein wenig herum und nickte in die Richtung eines Mannes, der sich gerade vom Klavier entfernen wollte. Es gab keinen Zweifel, wen er meinte, aber ich vermochte es kaum zu glauben. So unauffällig wie möglich schlenderte ich zu Geddes hinüber und hauchte den Namen des Mannes, den er mir eben gezeigt hatte.

»Ja«, kam die geflüsterte Antwort. »Er hat's genommen und in die Brusttasche gesteckt. Beobachten Sie ihn!«

Fieberhaft sah ich mich nach Clarke um. Er stand ganz allein beim Eingang. Sein Gesicht hellte sich auf, als ich ihm sagte, wen er beobachten sollte.

»Ich muß sofort zu Dr. Lenz«, sagte ich hastig. »Lassen Sie den Mann keine Sekunde aus den Augen! Ich glaube, er ist unser Mann!«

»Würde mich gar nicht überraschen«, sagte Clarke. »Sehen Sie, ich habe ein bißchen nachgeforscht und dabei das hier gefunden.«

Er holte ein sauberes, zusammengefaltetes Taschentuch heraus. Ich sah sofort, daß es von der gleichen Größe und vom gleichen Gewebe war wie das Taschentuch, das dazu benutzt worden war, Geddes zu knebeln – das Tuch mit den Blutflecken.

»Es war in *seinem* Zimmer«, flüsterte Clarke.

Wir lächelten uns in grimmiger Zufriedenheit an.

»Na, damit dürfte dann ja wohl alles klar sein«, sagte ich.

Ich ging rasch zu Geddes zurück, berichtete ihm kurz von Clarkes Fund und forderte ihn auf, mich zu Dr. Lenz zu begleiten. Der Direktor war allein, als wir ziemlich stürmisch in sein Arbeitszimmer hereingeplatzt kamen. Er saß hinter seinem Schreibtisch und beugte das bärtige Gesicht über ein Buch.

Lenz schenkte uns zunächst keinerlei Beachtung, sondern las erst einen Abschnitt zu Ende, bevor er das Buch zuklappte und sagte: »Nun, meine Herren?«

Geddes und ich sahen einander an, und als der Engländer kurz nickte, ergriff ich das Wort.

»Hören Sie, Dr. Lenz«, begann ich, »wir glauben einiges über diese Verbrechen herausbekommen zu haben. Wir sind sogar ziemlich sicher, den Täter zu kennen. Deshalb müssen Sie uns sofort anhören. Sehen Sie ...«

»Einen Moment, bitte, Mr. Duluth.« Dr. Lenz hob gebieterisch eine Hand und sah mich über den Rand seiner Lesebrille hinweg scharf an. »Darf ich Ihrer Bemerkung entnehmen, daß Ihre Theorie die Beschuldigung einer ganz bestimmten Person einschließt?«

»Aber gewiß doch!« rief Geddes dazwischen, und ich pflichtete ihm energisch bei.

»Also schön.« Lenz nahm die Brille ab, klappte sie zusammen und schob sie in ein Lederetui. »Ich bin bereit, Sie anzuhören, aber ich bin der Meinung, daß Captain Green unverzüglich verständigt werden sollte.«

»Einverstanden«, sagte Geddes.

»Sicher«, stimmte ich zu.

»Ich weiß nicht, welche Entdeckungen Sie gemacht haben«, fuhr Lenz fort, »aber bevor wir Captain Green kommen lassen, möchte ich Sie gern etwas fragen. Es ist durchaus möglich, daß Sie etwas über die näheren Umstände von Mr. Laribees Tod wissen, aber erklärt Ihre Theorie auch das Motiv für den Mord an Fogarty? Und wie er in diese Zwangsjacke gekommen ist?«

»Was das Motiv betrifft, so haben wir eine durchaus begründete Vermutung«, sagte ich rasch. »Fogarty mußte etwas herausgefunden haben, das ihn für den Täter gefährlich machte.«

»Hier stimme ich Ihnen zu, Mr. Duluth. Aber dieser Mann, den Sie nun beschuldigen wollen – wie hat er es geschafft, Fogarty in die Zwangsjacke zu bekommen?« Der Direktor lächelte schon wieder väterlich. »Nur wenn Sie auch das beweisen können, wird die Polizei zufrieden sein.«

Seine Worte wirkten auf mich beinahe wie eine kalte Dusche.

»Wir ... wir hatten noch nicht viel Zeit, darüber nachzudenken«, stotterte ich. »Und ich fürchte, daß wir in dieser Hinsicht noch nicht die geringste Ahnung haben.«

»Ach nein?« Lenz befingerte seinen Bart und fügte abrupt hinzu: »Lassen Sie sich davon nicht aus der Fassung bringen. Ich habe nämlich zufällig auch ein bißchen über diese Frage nachgedacht, und diesem bewundernswerten Buch hier habe ich es zu verdanken, wenn ich glaube, eine zufriedenstellende Erklärung gefunden zu haben.« Er hielt uns das Buch entgegen. Es war von einem deutschen Professor geschrieben und hatte den Titel: *Zauberei und Medizin.* »Eine wissenschaftliche Abhandlung über Hokuspokus«, murmelte Lenz. »Und eine sehr gesunde Diät für allzu ehrgeizige Psychiater.« Er schlug das Buch auf und legte es wieder auf den Schreibtisch zurück. »Hier ist zum Beispiel ein Kapitel über den Zauber des Theaters, Mr. Duluth. Vielleicht sind Sie mit meiner Anwendung des Inhalts auf Fogartys Tod einverstanden. Es würde sicher dazu beitragen, Ihren Fall bei der Polizei überzeugender zu machen.«

Wir standen schweigend da, während der Direktor uns nun eine Vorlesung hielt.

»Unser Hauptproblem ist die Frage, wie ein Mann ohne übermenschliche Kräfte es fertigbringen konnte, eine Person von Fogartys mächtiger Statur in eine Zwangsjakke zu bekommen. Nachdem ich dieses Buch gelesen habe, scheint mir die Lösung sehr einfach zu sein.« In leicht spöttischem Tonfall schloß er: »Es ist bloß eine Frage der Magie.«

Ich nickte schwach. Geddes beugte sich nach vorn und blätterte in diesem Buch.

»Fassen wir den Fall noch einmal zusammen«, fuhr Lenz fort. »Wir dürfen annehmen, daß der Mörder aus nur ihm bekannten Gründen in Fogarty eine Bedrohung seiner Pläne sah. Also beschloß er, ihn zu töten. Er versteht genug von Psychologie, um zu wissen, daß wir alle unsere Achillesferse haben. Er plante, Fogarty an dessen schwachem Punkt anzugreifen, an seiner Begeisterung für das Theater.«

Ich warf einen raschen Blick auf die Uhr, aber der Direktor schien es keineswegs sonderlich eilig zu haben.

»Mrs. Fogarty hat uns gesagt, von ihrem Mann am Abend vor seinem Tode erfahren zu haben, daß er das Sanatorium verlassen und ins Showbusineß überwechseln wollte. Ich schreibe diesen Entschluß dem bereits mehrfach von mir erwähnten subversiven Einfluß zu. Ich glaube, daß der Mörder Samstagnacht den ersten Stich in Fogartys Achillesferse getan hat.«

Der Direktor wandte sich mir zu. »Und nun zu Ihnen, Mr. Duluth. Sie sind ein Mann des Theaters. Wie würden Sie eine solche Szene planen, wenn eine Person von Fogartys Typ getötet werden soll? Sie würden auf seine Eitelkeit setzen. Sie könnten sich zum Beispiel erbieten, ihm einen Trick beizubringen, der ihm für seine geplante Karriere sehr nützlich sein würde. In diesem Buch *Zauberei und Medizin* wird ein ganz bestimmter und wohlbekannter Trick beschrieben. Der sogenannte Zwangsjacken-Trick. Ein Artist fesselt sich selbst mit einer Zwangsjacke und befreit sich anschließend wie durch ein Wunder wieder daraus.«

»Sie meinen«, rief Geddes ihm aufgeregt ins Wort, »der Mörder hat Fogarty versprochen, ihm diesen Trick zu zeigen? Und als Fogarty hilflos in der Zwangsjacke steckte, hat er ihm den Strick um den Hals gebunden?«

»Genau.« Lenz nickte ernst. »Aber ganz so einfach dürfte dieser Vorgang wohl doch nicht gewesen sein. Fogarty war auf seine Art ein recht gerissener Mann. Ich glaube nicht, daß er sich von irgendeinem Mann hätte dazu überreden lassen, sich derartig fesseln zu lassen, wenn der andere ihm nicht diesen Trick erst einmal selbst vorgeführt hätte. Und genau das ist meiner Ansicht nach geschehen. Ich glaube, Fogarty und dieser Mann sind zusammen in den Massageraum gegangen. Dort hat der

Mörder vor Fogartys Augen den Zwangsjacken-Trick demonstriert. Und...«

»Aber dazu müßte er ja ein zweiter Houdini sein!« rief ich.

»Keineswegs«, sagte der Direktor beinahe entschuldigend. »In diesem Buch hier wird genau beschrieben, wie einfach dieser Trick ist, vorausgesetzt natürlich, daß man das Geheimnis kennt, wie er praktiziert werden kann.« Er griff nach einem Bleistift und klopfte damit auf die Schreibtischplatte. »Ich selbst könnte einen durchaus glaubwürdigen Versuch unternehmen. Soll ich Ihnen den Trick einmal vorführen?« Er sah uns mit einem beinahe übermütigen Lächeln an. Sowohl Geddes als auch ich stimmten reichlich verblüfft zu, das gern einmal sehen zu wollen.

»Also schön«, murmelte er. »Dann werde ich für Sie beide jetzt einmal Zauberer spielen.« Er drückte auf einen Knopf, und als Warren erschien, gab er ihm Anweisung, die zweite Zwangsjacke zu holen. Der Wärter kam bereits wenige Minuten später damit zurück und übergab Lenz die Zwangsjacke, wobei er reichlich verwundert dreinsah. »Danke, Warren.« Der Direktor nickte wohlwollend. »Übrigens, Mr. Duluth und Mr. Geddes haben dringend etwas mit der Polizei zu besprechen. Fragen Sie doch Captain Green einmal, ob er ein paar Minuten Zeit für uns hat, ja? Sie finden ihn im Laboratorium bei der Arbeit.« Er wandte sich an mich. »Ich denke, daß wir auch alle Mitglieder des Ärztestabes herbitten sollten. Vielleicht brauchen wir deren Bestätigung.«

»Lassen Sie ruhig alle kommen!« rief ich. »Wir sind durchaus bereit, vor einem ganzen medizinischen Kongreß zu reden!«

»Also gut, Warren. Würden Sie dann auch gleich Miß Brush, Mrs. Fogarty, Dr. Moreno und Clarke bitten, herzukommen? Und bitten Sie Dr. Stevens, solange die Aufsicht über die Patienten zu übernehmen, ja?«

Nachdem der Wärter gegangen war, hielt Dr. Lenz die Zwangsjacke hoch.

»Sie müssen sich jetzt vorstellen, daß ich ein Zauberer bin«, begann er sehr beeindruckend. »Ich hoffe Ihnen zeigen zu können, daß jedermann imstande ist, sich mit dieser Jacke zu fesseln und anschließend wieder daraus zu befreien.«

Mit seinem Bart und den dichten, buschigen Augenbrauen sah er tatsächlich beinahe wie ein Hexenmeister aus.

»Aber ich fürchte, daß ich wohl doch schon ein bißchen zu alt bin, um diesen Trick selbst vorzuführen«, fuhr er fort. »Aber Sie, Mr. Duluth, könnten Sie nicht so freundlich sein, sich als Versuchskaninchen zur Verfügung zu stellen?«

Ich trat etwas vor, und Dr. Lenz machte sich mit großartiger Geheimnistuerei sofort daran, mir die Zwangsjakke anzulegen. Er machte erst wieder eine Pause, als ich vollkommen hilflos war. Doch dann sagte er plötzlich: »Ach, nein, wenn ich's recht überlege, dann möchte ich doch lieber, daß Sie diesem Experiment zusehen, Mr. Duluth. Ein anderes Versuchskaninchen scheint mir noch geeigneter zu sein. Ich werde nach Warren läuten.«

Geddes, der alles ein wenig geistesabwesend beobachtet hatte, stand auf und schlug unter amüsiertem Lächeln vor: »Das ist doch nicht nötig. Warum wollen Sie es nicht mit mir probieren?«

»Darum hatte ich Sie an sich auch bitten wollen.« Das Gesicht des Direktors umwölkte sich. »Aber für einen Narkoleptiker dürfte das Risiko wohl doch ein bißchen zu groß sein.«

»Oh, das geht schon in Ordnung«, sagte der Engländer.

»Dr. Moreno hat mir ja ein paar von diesen neuen Tabletten gegeben. Ich werde also kaum einschlafen, und mit einem Anfall ist schon gar nicht zu rechnen.«

Lenz dachte einen Moment nach, dann sagte er: »Also gut, Mr. Geddes. Versuchen wir es einmal.«

Während Geddes an den Schreibtisch herantrat, reichte Lenz mir die Zwangsjacke. »Ich möchte, daß Sie Mr. Geddes jetzt diese Jacke so fest wie nur irgend möglich anschnallen, Mr. Duluth.«

Gehorsam kam ich seiner Aufforderung nach und zog die Strippen mit aller Kraft fest. Als ich es geschafft hatte, war Geddes verschnürt wie ein zum Braten vorbereiteter Puter. Er grinste. »Sie werden schon ein Genie sein müssen, Doktor, wenn Sie mir jetzt verraten wollen, wie ich aus diesem Ding wieder herauskommen soll«, sagte der Engländer.

Lenz schien sich beinahe wie ein Junge zu freuen. »Oh, ich versichere Ihnen, daß es ganz einfach ist. Es ist nur...« Er brach ab, als die Tür geöffnet wurde. Captain Green kam mit zwei Beamten herein. Ihnen folgten Mrs. Fogarty, Miß Brush, Moreno, Warren und John Clarke. Captain Green starrte uns an, als hielte er uns alle für restlos übergeschnappt.

»Um Himmels willen!« rief er. »Was machen Sie denn da in der Zwangsjacke?«

Lenz klopfte Geddes auf die Schulter. »Mr. Geddes und Mr. Duluth glauben, das Geheimnis für Sie gelüftet zu haben, Captain. Ich möchte mein bescheidenes Wissen in einer kleinen Demonstration hinzufügen.«

Während der Direktor sprach, war meine Aufmerksamkeit auf Geddes gerichtet. Plötzlich sah ich, wie der Engländer blaß wurde, und ich erkannte den vertrauten glasigen Ausdruck in seinen Augen. »Aufpassen!« rief ich. Geddes' Gesichtsmuskeln verkrampften sich, und sein

Körper zuckte in der engen Zwangsjacke deutlich sichtbar zusammen. Ich konnte gerade noch rechtzeitig genug hinzuspringen und ihn auffangen, bevor er in einem seiner Anfälle zusammenbrach. Sofort kam Leben in das anwesende Personal. Während Green ein paar erstaunte Fragen stellte, trugen Moreno und Warren den bewußtlosen Engländer in das kleine Untersuchungszimmer nebenan. Wir folgten ihnen und sahen, wie sie Geddes behutsam auf die Couch legten. Ich hatte Lenz noch nie so betroffen gesehen. Er beugte sich über Geddes, schüttelte den Kopf und murmelte vor sich hin, daß er zum erstenmal während seiner beruflichen Laufbahn die Gesundheit eines Patienten fahrlässig aufs Spiel gesetzt habe. »Zurücktreten!« befahl er schroff. »Und Sie, Warren, machen sofort das Fenster auf! Er braucht jetzt viel frische Luft und Ruhe.«

Während der Wärter zum Fenster lief, trat ich an die Couch heran. Ich war ernstlich beunruhigt. Geddes war nicht nur mein Freund, sondern auch mein Partner und Hauptzeuge. Jetzt würde ich der Polizei allein gegenübertreten müssen. »Wollen Sie ihm nicht die Zwangsjacke abnehmen, Dr. Lenz?« fragte ich scharf.

»Nein, nein.« Lenz fühlte dem Engländer den Puls. »Das wäre in einem solchen Fall beinahe gefährlich. Die Muskeln sind durch die Zwangsjacke ungewöhnlich zusammengepreßt. Wenn wir ihm die Jacke jetzt ausziehen, könnte das Nachlassen des Druckes einen ernsthaften Muskelkrampf hervorrufen. Verlassen Sie bitte alle den Raum. Gehen Sie in mein Arbeitszimmer zurück.«

Wir befolgten diese Anweisung. Lenz warf dem Patienten noch prüfend einen letzten Blick zu, dann kehrte auch er in sein Arbeitszimmer zurück. Captain Green hatte diesen Vorfall mit dem Interesse eines Laien verfolgt. Jetzt begann er Fragen zu stellen. Lenz erklärte ihm kurz, was es mit Narkolepsie und Kataplexie auf sich hatte. Er bedauerte, den Engländer zu dem beabsichtigten Experiment herangezogen zu haben, und schloß: »Meine einzige Entschuldigung besteht darin, daß ich geglaubt hatte, auf diese Weise ein wenig zur Lösung des Falles beitragen zu können. Jetzt werden wir meine kleine Demonstration leider verschieben müssen, bis Mr. Geddes wieder zu sich kommt.«

Er setzte sich hinter seinen Schreibtisch. »Wie ich bereits sagte, haben Mr. Geddes und Mr. Duluth eine Theorie entwickelt, die sie Ihnen gern mitteilen möchten. Unglücklicherweise wird es Mr. Duluth nun allein tun müssen. Bevor er damit beginnt, möchte ich jedoch betonen, daß ich selbst keine Ahnung habe, wen er beschuldigen wird.« Er setzte seine Brille auf. »Aber ich habe auch eine kleine Theorie, die wohl mehr oder minder mit Mr. Duluths Theorie übereinstimmen dürfte. Sie schließt einen bestimmten Insassen dieser Anstalt ein. Ich werde Warren bitten, nach unten zu gehen und diese Person scharf zu beobachten.« Er kritzelte rasch ein paar Zeilen auf ein Stück Papier, das er dem Nachtwärter gab. »Ich möchte, daß Sie diese Person nicht aus den Augen lassen, Warren«, befahl er ruhig. »Sollte Dr. Stevens fragen, zeigen Sie ihm bitte diesen Zettel. Und wenn ich läute, bringen Sie diese Person unverzüglich hierher.«

Der Nachtwächter warf einen Blick auf das Papier und ließ ein überraschtes Knurren hören.

Lenz lächelte, und nachdem Warren den Raum verlassen hatte, wandte sich der Direktor an mich und fragte sehr höflich: »Nun, Mr. Duluth, sind Sie bereit?«

»Wir alle müssen die Dinge nehmen, wie sie uns treffen«, begann ich. »Was mich zuerst getroffen hat, war diese Stimme. Als ich sie zum erstenmal hörte, befand ich mich in reichlich nervösem Zustand. Ich schrieb sie meiner Einbildung zu. Doch als ich später erfuhr, daß auch Geddes, Fenwick und Laribee diese Stimme gehört hatten, änderte ich natürlich meine Ansicht. Als Erklärung dachte ich anfangs an Hypnose. Aber man kann Leute nicht durch Hypnose dazu bringen, imaginäre Stimmen zu hören, nicht wahr, Dr. Lenz?«

»Das glaube ich kaum.« Der Direktor sah mich leicht amüsiert an. »Ich habe Ihnen einmal erklärt, Mr. Duluth, daß es für alle geistigen Störungen eine rein psychopathologische Deutung gäbe. Nun, ich habe inzwischen meine Meinung geändert. Aber an Hypnose glaube ich in diesem Fall auch nicht.«

Ich sah den Captain an. »Sie werden uns alle vielleicht für eine Bande von Verrückten halten und dem Umstand, daß wir Stimmen gehört haben wollen, keine sonderliche Bedeutung zuschreiben, aber diese Stimme war keineswegs imaginär, sondern sehr real. Selbst Dr. Lenz hat sie heute nachmittag gehört, als sie während der Filmvorführung den falschen Feueralarm auslöste. Wenn ich nicht ein so ausgesprochener Dummkopf gewesen wäre, hätte ich mir längst denken müssen, was dahintersteckte. Sehen Sie, ich kenne mich im Showbusineß recht gut aus, und ich bin immer wieder auf einen Artisten ganz besonderer Art gestoßen. Nicht der Typ, der mich interessiert hätte. Dieser Artist wird auch nicht gerade gut bezahlt. Er ist sogar schon ein wenig aus der Mode gekommen. Aber in einem Nervensanatorium könnte er einen wahren Aufstand entfachen.«

Ein leises Rascheln machte mich auf Mrs. Fogarty aufmerksam. Die Nachtschwester lehnte sich nach vorn, und sie zeigte plötzlich lebhaftes Interesse. »Ich verstehe, was Sie meinen, Mr. Duluth! Und das würde auch diesen Telefonanruf erklären, als ich glaubte, daß Jo...«

»Genau, Mrs. Fogarty«, unterbrach ich sie. »Mit dem eben erwähnten Artisten habe ich natürlich einen Bauchredner gemeint!«

»Bauchredner!« wiederholte Green verblüfft.

»Ja. Ich habe Dutzende von ihnen gesehen, und sie haben eine Menge gerissener Tricks auf Lager. So können sie unter anderem auch die Stimmen anderer Leute sehr gut imitieren.« Ich wandte mich an Lenz. »Der Titel Ihres Buches da hat mich auf die Idee gebracht. Ich weiß, daß es sich ein bißchen verrückt anhören wird, aber ich glaube, daß der Mörder, der alle Ihre Patienten – mich eingeschlossen – so zum Narren gehalten hat, nichts weiter ist als ein Zauberkünstler, wie man ihn auf fast jedem Rummelplatz antreffen kann.«

Die Gesichter meiner Zuhörer verrieten deutlich genug, daß man jetzt ernsthaft an meiner geistigen Zurechnungsfähigkeit zu zweifeln schien. Alle starrten Lenz an, als erwarteten sie von ihm offizielle Mißbilligung.

Der Direktor lehnte sich jedoch nur etwas weiter zurück und nickte mir ermunternd zu. »Ich stimme vollkommen mit Ihnen überein, Mr. Duluth. Das war auch meine Idee, und ich finde es sehr intelligent von Ihnen, zur gleichen Schlußfolgerung gelangt zu sein, ohne Prof. Traumwitz' Buch über *Zauberei und Medizin* gelesen zu haben.«

Damit schien ich auch in Captain Greens Achtung gestiegen zu sein.

»Sehen Sie denn nicht, wie alles zusammenpaßt?« fuhr ich eifrig fort. »Ein Bauchredner konnte sich in diesem Sanatorium einmal so richtig nach Herzenslust austoben. Er konnte sich als Miß Powells innere Stimme betätigen und die Frau veranlassen, dieses Messer zu stehlen. Er konnte Warnungen an Geddes und mich übermitteln. Er konnte Laribee katastrophale Börsenkurse ins Ohr flüstern und dazu die Stimme des Börsenmaklers imitieren. Er konnte Geister ins Leben rufen und von ihnen imaginäre Botschaften an Fenwick weitergeben lassen. Und als er während der Filmvorführung ein Chaos brauchte, rief er mit Engelszungen ›Feuer!‹«

»Können Sie das alles mit einer ganz bestimmten Person in Verbindung bringen?« fragte Captain Green.

»Ich denke schon. Aber lassen Sie meinem Theater-Instinkt noch eine Weile freien Lauf, Captain. Vielleicht kann ich Ihnen einen Darsteller zeichnen, den Sie selbst erkennen werden. Nehmen wir also zunächst einmal an, daß unser Buhmann Bauchredner ist. Besitzt er noch andere Attribute? Ich glaube ja. Hier hat sich doch eine Menge Hokuspokus abgespielt, nicht wahr? Eine Stoppuhr wurde in Laribees Zimmer versteckt und dem Millionär später beim Tanzen in die Tasche geschoben. Ein Messer wurde in Miß Pattisons Handtasche praktiziert und mir später wieder abgenommen. Alles das erfordert doch eine ungemein leichte und gewandte Hand. Nun, Bauchredner können sich meistens mit diesem Talent allein kaum die Butter aufs Brot verdienen. Sie müssen schon etwas mehr bieten. Und deshalb betätigen sich einige von ihnen nebenbei auch noch als Zauberkünstler. Ein ganz gewöhnlicher Taschendieb hätte alle eben erwähnten Tricks ausführen können... bis auf die Sache mit der Zwangsjacke. Aber Dr. Lenz hat versprochen, später zu erklären, daß auch dies nicht besonders schwierig war.«

»Bis hierher stimme ich Ihnen vollkommen zu, Mr. Duluth«, sagte der Direktor ernst. »Aber unser Mann hat noch ein drittes verdächtiges Talent, nicht wahr?«

»Darauf will ich gerade zu sprechen kommen«, antwortete ich. »Es ist offensichtlich, daß er die jeweiligen Neurosen von uns Patienten höchst professionell ausgenutzt hat, Miß Powells Kleptomanie zum Beispiel. Er hat aber auch gewußt, daß Geddes und ich im Dunklen Angst hatten. Er hat sogar Miß Pattisons neurotische Gefühle in bezug auf Laribee ausgebeutet. Wir dürfen also mit einiger Berechtigung annehmen, daß er auch etwas von Medizin und Psychiatrie verstehen muß.«

»Auch hier muß ich Ihnen zustimmen, Mr. Duluth«, sagte Dr. Lenz anerkennend. »Ich glaube sogar, daß ich eine noch höhere Meinung von seinen Fähigkeiten habe als Sie.«

»Gut.« Seine Anerkennung beflügelte mich ordentlich. »Wir kommen der Sache also allmählich etwas näher, nicht wahr? Wir haben es mit einer Person zu tun, die Rummelplatzartist und so etwas wie Mediziner gleichzeitig ist. Nun, in diesem Fall gibt es wohl nur eine einzige Person, die dafür in Frage käme.«

»Womit Sie also wieder bei diesem Schwiegersohn angelangt wären, nicht wahr?« fragte Green reserviert.

»Ja«, antwortete ich. »Und warum auch nicht? Scheint doch ziemlich logisch zu sein, oder?«

»Sehr logisch«, mischte sich erneut der Direktor ein. »Mir scheint, wir beide haben eine erstaunlich ähnliche Denkweise, Mr. Duluth.«

Sein Lob war ein weiterer Ansporn für mich. »Jeder jüngere Mann in diesem Sanatorium könnte natürlich dieser Schwiegersohn sein«, fuhr ich selbstbewußt fort. »Laribee selbst hat ihn nie gesehen. Wer sonst hätte ihn hier erkennen sollen?«

»Sie glauben also, daß er von Kalifornien hierhergekommen ist, um den alten Mann wegen des Geldes zu ermorden?« fragte Green.

»Mehr oder weniger. Laribee hat mir erzählt, daß er in seinem Testament den größten Teil seiner Millionen seiner Tochter vermacht hatte. Er hat mir aber auch von einer anderen Vereinbarung berichtet, wonach Sylvia

Dawn und Dr. Lenz vollkommene Kontrolle über das Geld erlangen würden, falls Laribee für definitiv wahnsinnig erklärt werden sollte. Der Schwiegersohn hatte also ein Motiv, wie Sie Kriminalisten es gar nicht besser finden könnten. Es besteht schließlich ein himmelweiter Unterschied, ob man mit irgendeiner obskuren Filmschauspielerin verheiratet ist oder eine Millionärin zur Frau hat.«

Wieder mischte sich Dr. Lenz ein. »Aber Sie glauben doch nicht, daß der Schwiegersohn ursprünglich geplant hatte, Mr. Laribee zu töten, nicht wahr, Mr. Duluth?«

»Nein«, erwiderte ich nachdrücklich, obwohl mir dieser Gedanke eben erst gekommen war. »Ich glaube nicht, daß dies sein erstes Ziel gewesen ist. Anfangs wollte er den alten Mann wohl nur zum Wahnsinn treiben. Das war weniger gefährlich und beinahe genauso gewinnbringend.«

»Ganz recht, Mr. Duluth«, stimmte Lenz zu. »Aber vergessen wir nicht, daß der alte Millionär kaum noch eine Chance hatte, je wieder vollkommen gesund zu werden. Warum hat der Schwiegersohn also nicht in Geduld abgewartet, statt seinen Plan zu ändern und Mr. Laribee zu ermorden?«

»Weil etwas dazwischenkam«, sagte ich. Dann drehte ich mich nach der Tagschwester um, die beide Arme vor der Brust verschränkt hatte und leicht vornübergebeugt dasaß. »Und hier kommt nun Miß Brush ins Bild«, fuhr ich fort. »Der Schwiegersohn dürfte herausgefunden haben, daß Laribee ihr sehr zugetan war. Er hatte sie ja bereits mehrmals gebeten, seine Frau zu werden. Eine zweite Heirat hätte natürlich alles zusammenbrechen lassen. Eine neue Ehefrau und Stiefmutter hätte das Erbe der Tochter entschieden geschmälert, zumal die Beziehungen zwischen Vater und Tochter nicht gerade die allerbesten waren. Jetzt blieb dem Schwiegersohn also nichts anderes übrig, als die Gefahr, die von Miß Brush ausging, zu beseitigen. Zu diesem Zweck ließ er Fenwick-Geister-Botschaften gegen Miß Brush verkünden und spielte Laribee Zettel mit ähnlichen Warnungen vor Miß Brush in die Finger. Damit hoffte er, entweder den alten Mann gegen Miß Brush einzunehmen oder zumindest eine Versetzung der Tagschwester in den Frauenflügel zu erreichen, womit sie dann sicher aus dem Wege gewesen wäre...«

»Was ihm ja auch beinahe gelungen wäre!« unterbrach mich Miß Brush empört. »Also, von allen absurden...!«

»Laribees Heiratsanträge mögen Ihnen vielleicht absurd vorgekommen sein«, fiel ich ihr nun meinerseits ins Wort. »Aber der Schwiegersohn dürfte sie verdammt ernst genommen haben. Jedenfalls glaube ich, daß er sich erst zum Mord entschloß, als seine Versuche, Sie aus dem Weg zu räumen, fehlgeschlagen waren.«

Captain Green sah auf die Uhr. Ich auch. Die Zeiger standen auf Viertel vor zehn.

»Keine Bange, Captain«, fuhr ich rasch fort. »Ich bin weiß Gott genauso daran interessiert wie Sie, diese Sache hier noch vor zehn Uhr hinter uns zu bringen. Und damit komme ich nun zu Miß Pattison. Nachdem der Schwiegersohn sich für Mord entschieden hatte, dürfte er sehr lange nachgedacht haben. Und dann hat er einen genialen Plan ausgeheckt. Er wußte von Miß Pattisons fixer Idee in bezug auf Laribee. Also begann er eine Bauchrednerkampagne und drängte Miß Pattison dazu, den Millionär zu töten. Schließlich praktizierte er ihr auch noch das Messer in die Handtasche. Er wollte Miß Pattison so beunruhigen und durcheinanderbringen, daß sie später glauben sollte, die Tat wirklich in einem Anfall geistiger Umnachtung begangen zu haben. Zu diesem Zwecke spielte er ihr nach vollbrachtem Mord das blutige Messer zu. Die Beweise gegen Miß Pattison wären erdrückend gewesen, während der wahre Täter wohl hoffte, in all dem Trubel das Sanatorium verlassen zu können, ohne daß ihn jemals jemand verdächtigt hätte.«

»Hört sich alles ganz logisch an«, knurrte Green. »Aber wie paßt Fogarty ins Bild?«

»Er muß irgend etwas herausgefunden haben. Ich weiß zwar nicht mit Bestimmtheit, was, aber ich halte es durchaus für möglich, daß er in seiner Leidenschaft fürs Showbusineß den Schwiegersohn einmal irgendwo in dessen beruflicher Eigenschaft gesehen hat. Später hat er ihn dann hier im Sanatorium wiedererkannt. Also mußte auch Fogarty aus dem Weg geräumt werden. Das gelang ihm zwar, aber nun hatte er zwei neue Gefahren heraufbeschworen, nämlich Geddes und mich. Ich begann mich für Miß Pattison zu interessieren, und der Mörder mußte damit rechnen, daß ich seinen Plan, ihr den Mord in die Schuhe zu schieben, zunichte machen könnte. Mit seinen drohenden Warnungen hatte er wohl gehofft, Geddes und mich aus dem Sanatorium vertreiben zu können.«

»Was hat denn Geddes mit der ganzen Sache zu tun?« fragte Green gereizt.

Jetzt kam ich mir einigermaßen schuldbewußt vor. »Ich fürchte, daß Geddes und ich etwas zurückgehalten haben. Es schien uns aber die einzige Möglichkeit zu sein. Sehen Sie, Geddes stellte eine noch viel größere Gefahr dar als ich.« Rasch berichtete ich, wie der Engländer in diese Geschichte verwickelt und dafür heute nachmittag so brutal überfallen worden war. Ich erwähnte auch die Entdeckung des blutbefleckten Taschentuches. Zum erstenmal verrieten meine Zuhörer lebhafte Überraschung.

Captain Green starrte mich eiskalt an und grollte: »Sie

hielten es also für richtig, uns einen Mordversuch zu verheimlichen, wie? Mir scheint, Sie haben uns überhaupt verdammt viel verheimlicht! Diese Stimmen und Warnungen und alle anderen verrückten Dinge – bisher habe ich noch kein Wort davon gehört!«

»Ich glaube, Sie haben sich eben selbst die treffendste Antwort gegeben«, sagte Dr. Lenz ruhig. »Sie haben das alles ›verrückt‹ genannt, und genau das ist der Grund, weshalb wir Ihnen nichts davon berichtet haben. Vergessen Sie nicht, daß wir uns in einem Nervensanatorium befinden. Wir werden täglich mit solchen ›verrückten‹ Dingen konfrontiert. Aber während das Personal professionelle Psychiater sind, ist Mr. Duluth Amateur. Während wir daran gewöhnt sind, Anomalien als normal zu betrachten, wurde er natürlich mißtrauisch.«

Vor dieser spitzfindigen Auslegung schien Green zu kapitulieren. »Schon gut«, grollte er. »Aber wer zum Teufel ist nun eigentlich dieser mysteriöse Schwiegersohn? Und hat Mr. Duluth überhaupt irgendwelche stichhaltigen Beweise?«

»Ich glaube zu wissen, wer der Schwiegersohn ist«, sagte ich leise. »Und Beweise habe ich auch.« Es war mir aber doch ziemlich peinlich, jetzt über die Sache mit Laribees zweitem Testament sprechen zu müssen und am Schluß zu erwähnen, welchen Trick wir damit heute abend durchgeführt hatten.

»Und Sie wissen, wer dieses Testament an sich genommen hat?« fragte Green.

»Ja. Und Clarke hat ihn seitdem ständig beobachtet. Es gab keine Chance, das Testament heimlich verschwinden zu lassen.«

Der Captain sah flüchtig zu dem jungen Polizisten hinüber, dann sofort wieder zu mir zurück: »Ich habe im Besitzer des Taschentuchs den Mann festgestellt, der auch das Testament an sich genommen hat, Sir«, sagte er sehr ruhig.

»Ach?« knurrte Green. »Und wer ist es?«

»Einen Moment noch!« mischte ich mich rasch ein. »Ich erwarte jeden Augenblick ein Telegramm von Prince Warberg. Damit dürften wir weitere Hinweise auf die Identität des Mannes erhalten.«

Jetzt herrschte zunächst gespanntes, erwartungsvolles Schweigen. Alle rutschten unruhig auf ihren Plätzen herum. Blicke wurden gewechselt.

Für mich war es ein langer, beschwerlicher Weg gewesen, aber jetzt konnte ich das Ziel schon in greifbarer Nähe sehen.

John Clarke war quer durch den Raum gegangen und blieb nun neben Dr. Lenz' Assistenten stehen. Er streckte eine Hand aus und sagte sehr energisch: »Geben Sie mir jetzt lieber dieses Papier, Dr. Moreno!«

Moreno rührte sich nicht. Sein Gesicht blieb vollkommen ausdruckslos. Bis auf das schwache Funkeln in seinen Augen verriet er keinerlei Emotion.

Alle anderen im Raum starrten ihn nun an. Ich war ein wenig nervös. Man mag noch so sehr von der Schuld eines Mannes überzeugt sein, es bleibt doch stets ein höchst eigenartiges Gefühl, ihn des Mordes zu beschuldigen.

Nur Dr. Lenz schien vollkommen gefaßt zu sein. Wachsam beobachtete er, wie Clarke noch etwas dichter an den jungen Psychiater herantrat und wiederholte: »Ich habe gesagt, daß Sie mir jetzt lieber dieses Papier geben sollen, Dr. Moreno!«

Moreno zog eine Braue hoch. »Soll ich jetzt wissen, was Sie meinen?« fragte er ruhig.

»Ich denke, Sie werden es in Ihrer Brusttasche finden«,

sagte Clarke leise. »Natürlich kann ich Ihnen behilflich sein...«

Moreno zuckte die Schultern, langte in die Tasche und brachte ein ganzes Bündel Papiere heraus. Er blätterte sie durch, suchte eines heraus und gab es Clarke. »Dieses gehört mir nicht«, sagte er. »Suchen Sie vielleicht das hier?«

Der junge Kriminalist warf einen flüchtigen Blick darauf, dann trug er es stumm zu Green hinüber. Er holte einen großen Umschlag aus der Tasche und entnahm ihm zwei Taschentücher.

»Dieses Taschentuch hier wurde dazu benutzt, Mr. Geddes zu knebeln«, sagte er ruhig. »Das andere habe ich unter Dr. Morenos persönlichen Sachen gefunden. Beide gleichen sich wie ein Ei dem anderen.«

Der Captain untersuchte die beiden Tücher sehr sorgfältig, dann las er das Schriftstück. »Das ganze Geld sollte also an Miß Brush fallen«, brummte er. »Dieses Testament dürfte zwar nicht viel wert sein, aber ich kann mir denken, warum Laribees Schwiegersohn es unbedingt haben wollte.« Er sah Moreno an. »Haben Sie etwas zu sagen?«

Der junge Psychiater schüttelte den Kopf. »Jedenfalls nichts, das nicht so kindisch wäre, daß sich eine Erwähnung überhaupt noch lohnt.«

»Ich würde Ihnen trotzdem raten, es zu erwähnen«, sagte Green grimmig.

»Also gut.« Moreno schoß mir einen kalten, gleichgültigen Blick zu. »Zunächst einmal, Mr. Duluth, scheint mir Ihre Beweisführung recht oberflächlich zu sein. Sie selbst haben doch vorhin dieses Sanatorium mit einem Mörder ausgestattet, der als Stimmenimitator und gewiefter Taschendieb praktisch alles kann. Für ein so talentiertes Individuum dürfte es also ein Kinderspiel gewesen sein, mir dieses Testament in die Tasche zu schmuggeln und sich eins meiner Taschentücher für seine eigenen Zwecke auszuleihen.« Er lächelte beinahe gehässig. »Gerade die Tatsache, daß ich dieses Testament immer noch im Besitz hatte, sollte eigentlich beweisen, daß ich nicht dieser Zauberkünstler bin, denn sonst hätte ich es bestimmt längst in Dr. Lenz' Bart oder in Captain Greens Tasche versteckt.«

Jetzt fühlte ich mich doch leicht verlegen.

»Was nun dieses Testament selbst betrifft, so hat ja Captain Green eben festgestellt, daß es höchstwahrscheinlich ungültig ist. Ich kann nicht glauben, daß ein so hochintelligenter Mörder, wie Sie ihn geschildert haben, ein derartiges Risiko eingegangen wäre, nur um sich ein an sich wertloses Dokument anzueignen. Mir persönlich wäre so etwas nicht einmal im Traum eingefallen, und schon gar nicht, nachdem Sie mir zu allem Überfluß auch noch diese höchst unglaubwürdige Geschichte von Miß Powell und dem Testament aufgetischt hatten. Falls Sie mir eine Kritik an Ihrer großen Szene gestatten wollen, Mr. Duluth – ich halte sie für theatralischen Firlefanz!«

»Sie können leicht abstreiten, das Testament genommen zu haben«, sagte ich hitzig. »Aber einige Tatsachen stehen fest. Sie sind noch nicht lange hier. Sie sind aus Kalifornien gekommen. Sie sind Mediziner. Und Sie waren früher einmal Schauspieler. Eine ganze Menge Zufälle, nicht wahr?«

»Gewiß, Mr. Duluth«, hörte ich zu meiner Riesenüberraschung jetzt Miß Brush sagen. Sie bedachte mich dabei mit ihrem strahlendsten Lächeln. »Ich glaube, Sie haben da eine glänzende Theorie ausgearbeitet. Ich gebe auch zu, daß Dr. Moreno ausgezeichnet hineinpaßt. Es trifft alles auf ihn zu, nur, den letzten Test kann er leider nicht bestehen, Mr. Duluth. Er ist nämlich nicht Mr. Laribees Schwiegersohn!«

Ich starrte sie reichlich dumm an.

Green schrie beinahe: »Woher wollen Sie das wissen?!«

»Oh, aus einem sehr einfachen Grunde«, erwiderte sie lächelnd. »Sehen Sie, er ist nämlich zufällig – mein Mann!«

Meine Selbstsicherheit, die während der letzten Minuten ohnehin schon sehr stark ins Wanken geraten war, brach nun endgültig zusammen. Das Blut schoß mir ins Gesicht, und noch nie in meinem bisherigen Leben war ich mir wie ein größerer Narr vorgekommen.

»Natürlich sind wir erst seit zwei Monaten verheiratet«, fuhr die Tagschwester leichthin fort. »Ich möchte Dr. Moreno zwar nur höchst ungern Bigamie unterstellen, aber ganz sicher kann man ja bei diesen Südländern nie sein, oder?«

Das peinliche Schweigen, das dieser Bemerkung folgte, war zum Glück nur von kurzer Dauer. Es wurde durch ein mühsam unterdrücktes männliches Lachen unterbrochen. Ich sah, wie John Clarke sich mit einer Intensität schneuzte, die meistens das Anzeichen für unschickliche Belustigung ist. Dann lachte er noch einmal ganz klar und deutlich auf. Danach warf er Captain Green einen entschuldigenden Blick zu und lief aus dem Zimmer.

Meine Verlegenheit wandelte sich zu tiefer Depression. Mein einziger mir noch verbliebener Bundesgenosse hatte mich schmählich im Stich gelassen.

»Ich scheine ihn amüsiert zu haben«, sagte Miß Brush milde.

Green wandte sich an Lenz und fragte sehr scharf: »Stimmt das, was sie eben behauptet hat?«

Der Direktor blinzelte. »Ich habe selbst an der Hochzeit teilgenommen, also muß es wohl stimmen.«

»Aber warum nennt sie sich dann immer noch Miß Brush?«

»Auf meinen ausdrücklichen Vorschlag hin. Eine rein

psychologische Maßnahme. Miß Brushs Persönlichkeit hat eine ausgezeichnete therapeutische Wirkung auf die Patienten. Damit wäre es aber wohl vorbei, wenn bekannt würde, daß sie verheiratet ist.« Der Direktor lächelte die Tagschwester wohlwollend an. »Wenn man Miß Brush kennengelernt hat, könnte man einem Mann sogar Bigamie verzeihen. Aber ich glaube nicht, daß dies im Falle von Dr. Moreno zutrifft.«

Ich hatte inzwischen begriffen, daß ich mein Waterloo hinter mir hatte. Captain Green dagegen schien weniger geneigt, einen einmal gefaßten Verdacht wieder fallenzulassen. Nachdem er noch einmal das Testament durchgelesen hatte, sagte er: »Dr. Moreno können wir wohl als Laribees Schwiegersohn ausschließen, aber diesem Testament zufolge soll Miß Brush über eine Million erben. Und wenn er ihr Ehemann ist, dann scheint er mir doch ein verdammt gutes Motiv für den Mord an Laribee zu haben.«

»Wenn Sie so eifrig auf der Suche nach Verdächtigen mit Motiven sind, Captain, warum ziehen Sie mich dann nicht in Betracht?« fragte Miß Brush mit aufreizendem Lächeln. »Sollte ich nicht noch ein stärkeres Motiv haben als mein Mann?«

»Jetzt ist wohl kaum der rechte Zeitpunkt für Scherze!« grollte Green.

»Das denke ich auch«, fuhr die Tagschwester ungerührt fort. »Aber schließlich haben Sie ja damit angefangen. Sie müssen doch zugeben, daß es lächerlich ist, dieses verrückte Testament ernst zu nehmen? Wenn ich jeden Patienten, der mir etwas vererbt hat, ermordet hätte, dann hätte ich jetzt wohl schon ein Dutzend oder mehr Morde auf dem Gewissen. So hat mir im vergangenen Monat erst ein bekannter Bankier das Empire State Building vermacht. Und im Dezember wurde mir ein Scheck angeboten, den nicht einmal unsere Nationalbank hätte einlösen können, denn soviel Geld gibt's überhaupt nicht.« Sie wurde plötzlich wieder ernst. »Sehen Sie denn nicht ein, daß Sie mit diesem albernen Testament nur Ihre Zeit verschwenden?«

Bevor Green überhaupt recht begriff, was geschah, hatte sie ihm bereits das Blatt Papier aus der Hand genommen und zerrissen. Sie ließ die Schnipsel wie künstlichen Schnee auf den Teppich flattern.

»Das halte ich von diesem Testament!« rief sie heiter. »Wichtiger Beweis hin, wichtiger Beweis her.«

Green starrte sie einen Moment wie benommen an, dann lief sein Nacken dunkelrot an.

»Jetzt reicht's mir aber!« donnerte er. »Wir sind doch hier nicht im Zirkus, verdammt noch mal! Den nächsten, der sich derartig aufführt, sperre ich ein!« Er wirbelte zum Direktor herum. »Und jetzt möchte ich endlich mal klare Beweise, verstanden? Halten Sie Dr. Moreno für schuldig oder nicht?«

»Offen gesagt – nein.« Der Direktor warf mir einen nachsichtigen Blick zu. »Ich glaube, Mr. Duluth hat uns sehr präzise die Motive hinter diesen Verbrechen geschildert. Ich glaube auch, daß er in fast allen Punkten recht hat. Sein einziger Fehler war, Dr. Moreno zu verdächtigen.«

Das war der erste Beweis von Mitgefühl, der mir seit meinem Debakel zuteil geworden war. Ich war dafür dankbar, fühlte mich aber immer noch sehr deprimiert.

»Nein«, fuhr Dr. Lenz fort. »Ich kann Dr. Moreno nicht für den Schuldigen halten. Natürlich hat Mr. Duluth die theatralische Seite ein wenig zu stark herausgestrichen. Dafür bin ich geneigt, mehr Nachdruck auf die medizinische Seite zu legen. Mir ist klar, daß der Mann, den wir suchen, kein gesunder Psychiater sein kann. Auf Dr. Moreno trifft jedoch das Gegenteil zu. Kein Experte wäre so ehrgeizig gewesen, wie Mr. Duluth den Mörder hingestellt hat. So weiß Dr. Moreno zum Beispiel viel zuviel, um jemals den Versuch zu unternehmen, Miß Pattison in dieser ganz besonderen Art beeinflussen zu wollen.«

»Ich bin dankbar für diese Anerkennung«, sagte Moreno, der sich inzwischen wieder etwas entspannt hatte. »Es ist eine Erleichterung, daß endlich einmal intelligent über diesen Fall gesprochen wird.«

Der Direktor ließ mich nicht aus den Augen. Beinahe entschuldigend fuhr er fort: »Da ist aber noch eine Tatsache, die Mr. Duluth offensichtlich übersehen hat. Mr. Laribee hat die Stimme seines Börsenmaklers während eines Spazierganges gehört. Kein Psychiater begleitet je unsere Patienten. Also konnte in diesem besonderen Falle Dr. Moreno auch nicht in der Nähe gewesen sein.«

Ich erkannte sofort, daß Lenz den schwächsten Punkt in meiner Beweisführung gefunden hatte.

»Sie sollten wirklich meine Demonstration des Zwangsjacken-Tricks noch abwarten, Captain. Ich glaube, das wird vieles klarer machen.« Er ging in den Nebenraum und kam bald wieder zurück. »In der Aufregung haben wir ganz unseren Patienten vergessen«, sagte er. »Mr. Geddes hat sich inzwischen von seinem Anfall erholt. Er wird gleich wieder bei uns sein, und dann kann ich die Zwangsjacke benutzen.«

»Zum Teufel mit der Zwangsjacke und mit Ihrer Demonstration!« brauste Green auf, der mit seiner Geduld offenbar am Ende war. »Mir ist es egal, wer sich von Ihnen in diese verdammte Zwangsjacke sperren läßt! Ich möchte nur noch eins wissen – wenn Sie Moreno nicht verdächtigen, wen verdächtigen Sie dann?«

»Sie erinnern sich doch gewiß noch, daß ich vorhin Warren nach unten geschickt habe, um einen ganz besonderen Insassen dieser Anstalt zu beobachten. Meine Schlußfolgerungen sind in etwa in die gleiche Richtung gelaufen wie Mr. Duluths Überlegungen. Auch ich glaube, daß der Mörder Mr. Laribees Schwiegersohn sein muß, aber statt Dr. Moreno zu verdächtigen, habe ich diese andere Person verdächtigt. Wenn Mr. Duluth ein wenig mehr Zeit gehabt hätte, wäre er wahrscheinlich zum gleichen Ergebnis gelangt. Es handelt sich – wie bei Dr. Moreno – um einen noch jüngeren Mann. Er stammt aus Kalifornien, und ich nehme an, daß er auch über einige medizinische Kenntnisse verfügt. Und Sie werden selbst sehen, daß er ein vollendeter Schauspieler ist.«

Dr. Lenz lehnte sich etwas vor und drückte auf einen Klingelknopf. »Ich habe Warren vorhin aufgefordert, diesen Mann herzubringen, wenn ich läute«, erklärte er freundlich. Der Direktor hatte einen viel sensationelleren Höhepunkt aufgebaut als ich. Wir alle zuckten zusammen, als unmittelbar nach dem Läuten die Tür geöffnet wurde und Clarke mit Geddes hereinkam.

»Ah, Mr. Geddes! Hoffentlich fühlen Sie sich jetzt wieder besser?« fragte Lenz. »Sie und Mr. Clarke kommen gerade noch rechtzeitig, um dieser Demonstration beizuwohnen. Ich habe diesen Leuten hier gerade erzählt, welch wunderbaren Plan Sie und Mr. Duluth ausgearbeitet hatten. Ich kann daran lediglich kritisieren, daß Sie den falschen Schwiegersohn verdächtigten.«

»Das ist durchaus möglich«, antwortete der Engländer noch reichlich verschlafen. »Mr. Duluth und ich waren recht durcheinander.«

Während Geddes und Clarke zur Wand hinübergingen und dort stehenblieben, wandte sich Lenz wieder an Captain Green.

»Sie haben einen äußerst intelligenten jungen Mann in Ihrem Stab, Captain«, sagte er. »Ich persönlich würde

Mr. Clarke wärmstens für eine Beförderung vorschlagen, denn er war es eigentlich, der mir den Schlüssel zu diesem Geheimnis gegeben hat.«

»Wie meinen Sie das?« fragte Green.

»Er hat mich heute nachmittag bei unserer Besprechung gefragt, ob jemand eine Geisteskrankheit so vortäuschen könnte, daß wir ihn hier aufnehmen würden. Das habe ich bestätigt, aber bei gründlichem Überlegen habe ich eingesehen, daß es in dieser Hinsicht eine ganz bestimmte Sache gibt, die niemand simulieren könnte. Symptome können vorgetäuscht werden, aber niemand ist imstande, mit überzeugender Echtheit eine Reaktion auf bestimmte Behandlungsmethoden zu simulieren. Das könnte nicht einmal ein erfahrener Arzt. Vor allem aber dann nicht, wenn der Betreffende nicht einmal weiß, worin diese Behandlung besteht. Mein Kandidat für den Schwiegersohn hat aber gerade das getan. Seit er zu uns gekommen ist, hat er uns alle durch seine Reaktion verblüfft.« Mit einer Handbewegung brachte Dr. Lenz die ausbrechende Diskussion zum Verstummen. »Und jetzt sind wir für diese Demonstration bereit«, kündigte er an. »Passen Sie jetzt gut auf.«

Er ging zur Tür des Nebenzimmers und riß sie auf. Seine Geste war so dramatisch, daß ich vollkommen vergaß, wie Geddes' Wiederauftauchen bereits die Theorie des Direktors bewiesen hatte. Wir drängten uns alle um Dr. Lenz herum. Das Behandlungszimmer war natürlich leer. Auf der Couch lag die Zwangsjacke. Dr. Lenz klopfte mit einem Fingerknöchel an die Wand. »Wie Sie sehen, gibt es hier nur diese eine Tür. Das Fenster stand natürlich offen, und auf diesem Wege hätte jemand hereingekommen sein können, um Geddes aus der Zwangsjacke zu helfen. Aber es ist doch einigermaßen schwierig, an einer Regenrinne nach oben zu klettern.«

»Und sehr schwierig, daran nach unten zu klettern«, murmelte Geddes lächelnd. »Wie Sie sehen, hätte ich mir dabei fast meinen Anzug ruiniert.«

Green wirbelte jäh herum und starrte den Engländer an. »Wollen Sie damit etwa behaupten, ganz allein aus dieser Zwangsjacke herausgekommen zu sein?« fragte der Captain.

Der Engländer nickte. »Ja, dank Dr. Lenz.«

Wir alle nahmen ziemlich benommen wieder unsere Plätze ein, als die Tür vom Korridor her geöffnet wurde. Warren, begleitet von Dr. Stevens, kam hereinmarschiert. Der Nachtwächter war fast nicht wiederzuerkennen. Eine lange Platzwunde über seiner Oberlippe war mit Jod eingepinselt worden. Eine Wange war geschwollen, daß das Auge darüber praktisch nicht mehr zu sehen war. Sein glattes Haar hing wirr in die Stirn.

Während wir ihn noch anstarrten, fummelte er in einer Tasche herum und brachte ein Telegrammformular zum Vorschein. »Für Sie, Mr. Duluth«, brummte er.

Eifrig riß ich den Umschlag auf und sah sofort Prince Warbergs Namen am unteren Ende. Während ich die Nachricht meines Kollegen las, wurde ich erneut rot bis unter die Haarwurzeln. Jetzt erst dämmerte mir das ganze Ausmaß meiner Dummheit. Aber es gab auch ein paar tröstliche Dinge. Meine Überlegungen stimmten haargenau. Ich hatte sie nur auf den falschen Mann angewandt.

»Hat sich gewehrt wie 'ne Wildkatze«, hörte ich Warren sagen. Empört fügte er hinzu: »Und er hat auch nicht fair gekämpft, sonst sähe ich jetzt nicht so aus!« Er sah mit widerstrebender Bewunderung zu Clarke hinüber. »Wäre Clarke mir nicht zu Hilfe gekommen, hätte ich's wohl nicht geschafft, und der Kerl wäre mir doch noch entkommen!«

Der junge Kriminalbeamte sah reichlich verlegen drein. Wir anderen starrten abwechselnd von Warren zu Stevens. Captain Green war nun vollends ins Schwimmen geraten, und das ärgerte ihn nicht schlecht.

»Kann hier nicht endlich mal jemand vernünftig reden?« beklagte er sich.

Lenz antwortete ernst: »Wie ich eben sagte, Captain, Sie haben einen ausgezeichneten Mann in Ihrem Stab. Ich glaube, Mr. Clarke verdient eine öffentliche Anerkennung. Vorhin konnte ich seinen Heiterkeitsausbruch nicht so recht verstehen, aber jetzt begreife ich, daß er nur einen Vorwand brauchte, um dieses Zimmer verlassen zu können. Er dürfte sich wohl gedacht haben, was ich zur Erklärung dieser Verbrechen sagen wollte, und deshalb hat er es vorgezogen, lieber nach unten zu gehen und Warren zu helfen. Das war sehr intelligent von ihm. Ich habe noch nie einen Mann so rasch begreifen und reagieren sehen.«

Sein bärtiges Gesicht strahlte wohlwollend, als er nun eine würdevolle Verbeugung vor Clarke andeutete. »Ich nehme an, daß diese Ausbeulung dort in Ihrer Tasche auf einen Revolver schließen läßt, nicht wahr?« fragte er ruhig. »Und ich darf wohl auch annehmen, daß er geladen ist, so daß Sie Mr. Geddes gut in Schach halten können.«

»Jawohl, Sir. Seit wir hereingekommen sind.«

Auf eine bessere Reaktion seines Auditoriums hätte Lenz kaum hoffen können. Wir alle starrten höchst erstaunt zur Wand hinüber. Der junge Kriminalist hatte eine Hand in der Jackentasche. Der Engländer stand ganz ruhig da.

»Ausgezeichnet, Clarke«, sagte Lenz anerkennend. »Aber es dürfte wohl angebracht sein, ihm lieber Handschellen anzulegen.« Er wandte sich mit einer bedauernden Geste an Green. »Sehen Sie, Captain, in diesem Punkt sind Mr. Duluth und ich verschiedener Meinung. Mr. Geddes ist der Mann, den ich für Mr. Laribees Schwiegersohn halte!«

Dem Captain schien es die Sprache verschlagen zu haben. Clarke nickte einem der Beamten zu, der sofort ein Paar Handschellen um die Handgelenke des Engländers zuschnappen ließ.

Geddes rührte sich nicht. Sein Gesicht war genauso ausdruckslos wie vorhin Dr. Morenos Gesicht, als dieser im Mittelpunkt der Anklage gestanden hatte.

»Melodrama in einem Akt von einem erfolgreichen Scharlatan«, murmelte er vor sich hin.

Dr. Lenz sah ihn an, seufzte und meinte: »Mr. Geddes hat recht. Mit meiner Demonstration habe ich mich wohl wie ein Scharlatan benommen, aber ich sah einfach keinen anderen Schluß für dieses Melodrama. Sehen Sie, ich habe Sie alle bewußt getäuscht, denn in diesem Buch *Zauberei und Medizin* wird nicht eine einzige Zauberformel für den Zwangsjacken-Trick erwähnt. Ganz im Gegenteil«, fügte er entschuldigend hinzu, »es wird darin ausdrücklich festgestellt, daß nur ein Schlangenmensch wie Mr. Geddes sich aus eigener Kraft daraus befreien könnte.«

»Aber wie . . . ?« unterbrach ihn Green.

»Ich hoffe, Mr. Geddes, einen natürlichen Schlangenmenschen, dazu veranlassen zu können, uns eine *demonstration ad oculus* zu geben. Er war freundlich genug, uns diesen Gefallen zu tun. Ich hegte nämlich schon Verdacht, als er und Mr. Duluth heute abend hereinkamen. Und dann dämmerte mir, daß er sich eine Gelegenheit zum Entkommen ausnutzen würde. Deshalb schlug ich diese kleine Episode mit der Zwangsjacke vor. Jetzt hat er seine Schuld durch die tatsächlich bewerkstelligte Flucht bewiesen. Ich hatte Warren bereits schriftliche Anweisung gegeben, ihn ständig unter Beobachtung zu halten und unter dem Fenster Posten zu beziehen.«

»Schlangenmensch!« rief Warren grimmig. »Ich würde ihn eher als Aal bezeichnen! Er wäre mir beinahe doch noch durch die Finger geschlüpft!«

»Aber ich verstehe immer noch nicht, wieso Sie Geddes verdächtigen, Dr. Lenz«, mischte sich Clarke ein.

»Einfach deshalb, weil er auf die Drogen, die wir ihm verabreichten, nicht richtig reagierte.«

»Aber dieser Anfall...«, rief Green ungläubig.

»War überzeugend vorgetäuscht, Captain. Er hat diesen Trick von indischen Fakiren gelernt.« Lenz griff nach dem Buch *Zauberei und Medizin.* »In diesem ausgezeichneten Band wird beschrieben, wie indische Fakire bei sich eine Muskelstarre hervorrufen können, die sie wie Tote erscheinen läßt. Und wie wir ja alle wissen, sind indische Fakire zugleich die besten Zauberkünstler und Illusionisten der Welt. Mr. Geddes kommt aus Indien. Mit seinen Talenten als Bauchredner und Schlangenmensch war er offensichtlich ein sehr gelehriger Schüler.«

Jetzt verriet Geddes zum erstenmal so etwas wie leichtes Interesse. Er lächelte geringschätzig und sah mich an.

»Natürlich komme ich aus Indien, Duluth«, sagte er. »Aber der Rest ist verdammt albern. Können Sie ihnen nicht erklären, was für eine Farce das ist?«

Ich hielt immer noch Warbergs Telegramm in der Hand. Während ich den Blick des Engländers erwiderte, stieg kalte Wut in mir auf.

»Ja«, sagte ich langsam, »ich kann diese Farce erklären, aber es ist mir doch sehr peinlich, alle Welt wissen zu lassen, daß ich darin den Hanswurst gespielt habe. Da Sie ja neben meinem Zimmer wohnten, hätte ich eigentlich von

Anfang an begreifen müssen, daß Sie die einzige Person waren, die mich mit dieser Stimme erschrecken konnte. Zumindest hätte ich die Wahrheit erkennen müssen, als ich dieses psychoanalytische Experiment auch bei Ihnen anwandte, denn Sie waren der einzige, der darauf wie ein Mörder reagierte, als ich das ›Ding auf der Platte‹ erwähnte.«

Green wollte etwas sagen, doch ich fuhr rasch fort: »Aber jetzt weiß ich, was Fogarty über Sie herausgefunden hatte. Er war nämlich einmal in England gewesen, und Sie kamen ihm irgendwie bekannt vor, wie er mir einmal erzählt hatte. Plötzlich mußte ihm wohl eingefallen sein, daß er Sie in London einmal irgendwo auf der Bühne gesehen hatte, als Mahatma oder Orientalisches Wunder oder wie immer Sie sich damals genannt haben mögen. Und als der große Maestro ihm dann anbot, ihm den Zwangsjacken-Trick beizubringen, dürfte Fogarty begeistert gewesen sein.«

Geddes betrachtete gleichgültig seine gefesselten Hände. »Vielleicht wäre es ganz gut, Duluth, wenn Sie jetzt der Polizei einmal erzählen würden, wie ich selbst heute nachmittag überfallen wurde.«

»Das habe ich bereits getan«, antwortete ich grimmig. »Aber ich habe einfach nicht begriffen, wie leicht es für einen Schlangenmenschen sein muß, sich selbst ein paar Verbände um den Hals zu wickeln! Natürlich war es sehr großzügig von Ihnen, mir heute bei dieser Testamentsgeschichte zu helfen, aber jetzt sehe ich ein, welch großartige Chance das für Sie gewesen sein muß. Als Sie nämlich wußten, daß wir dem Schwiegersohn auf der Spur waren, begriffen Sie natürlich, daß Sie nun schleunigst von hier verschwinden mußten. Unser Plan gab Ihnen Gelegenheit, das Testament Dr. Moreno in die Tasche zu praktizieren, als er mit Ihnen ins Behandlungszimmer ging, um Ihnen diese Tabletten zu geben. Mit ein bißchen mehr Glück wäre Ihnen die Flucht sogar gelungen. Ihr Pech, daß Dr. Lenz nicht so dumm war wie ich!«

Der Engländer zuckte die Schultern. Bevor ich meinem Zorn noch weiter Luft machen konnte, fragte mich Green: »Was steht denn eigentlich in diesem Telegramm, das Sie erhalten haben?«

»Ach, ja... das Telegramm«, sagte ich ironisch. »Beinahe hätte ich wieder ein wichtiges Beweisstück übersehen. Hören Sie sich das mal an...« Ich strich das Formular glatt und las vor:

»SYLVIA DAWN OFFENSICHTLICH HARMLOS STOP UNBEDEUTENDE SCHAUSPIELERIN STOP MACHT SICH GROSSE SORGEN UM EHEMANN STOP BEFÜRCHTET VON IHM VERLASSEN WORDEN ZU SEIN STOP IST VOR MONATEN NACH OSTEN GEGANGEN STOP HAT KEINE ADRESSE HINTERLASSEN STOP EHEMANN ENGLÄNDER IN INDIEN GEBOREN STOP VIERUNDDREISSIG STATTLICH KLEINER SCHNURRBART STOP KEINE ENGAGEMENTS IN DIESEM LAND STOP EINIGE ERFOLGE IN ENGLAND ALS MAHATMA ORIENTALISCHER ZAUBERER ODER WUNDER STOP ZAUBERKÜNSTLER SCHLANGENMENSCH BAUCHREDNER STOP HEUTE NICHT MEHR GEFRAGT STOP SYLVIA SAGT EIN JAHR MEDIZINSTUDIUM KALKUTTA STOP FOTO FOLGT PER LUFTPOST STOP SYLVIA RAUFT SICH HAARE STOP MÖCHTE AUFENTHALTSORT WISSEN STOP MITTEILEN WENN BEKANNT STOP SAGEN SIE JA NICHT ICH KEIN GUTER FREUND STOP SIND SIE WIRKLICH SO VERRÜCKT STOP

PRINCE«

Ich brach plötzlich ab. Alle anderen starrten fasziniert zu Geddes hinüber. Mrs. Fogarty schrie leise und erschrokken auf, als der Engländer plötzlich zu taumeln begann und nach vorn stolperte. Das war typisch für diese kataplektisch-narkoleptischen Anfälle, deren Zeuge ich so oft gewesen war und die stets mein Mitgefühl geweckt hatten.

»Was für ein Pech!« rief ich. »Das Telegramm muß wieder einen Anfall bei ihm ausgelöst haben!«

Stevens beugte sich sofort besorgt über den Engländer, und dann herrschte allgemeines Durcheinander, als auch die anderen sich herandrängten.

Ich werde wohl nie genau wissen, was dann geschah. Man konnte unmöglich erkennen, ob Geddes sich von den Handschellen befreit hatte, aber zumindest eine Hand schien frei zu sein. Mit unglaublicher Geschwindigkeit schlug er mit den Handschellen zu, traf Dr. Stevens mit voller Wucht und schleuderte ihn quer durch den Raum zurück. Dann kam er geschmeidig auf die Beine.

»Aufhalten!« schrie Captain Green, aber wir anderen waren im Moment nicht imstande, überhaupt zu reagieren. Mit verblüffender Gewandtheit schlängelte sich Geddes an Moreno, Mrs. Fogarty und Miß Brush vorbei. Während wir immer noch wild durcheinanderliefen, hatte er bereits das Untersuchungszimmer nebenan erreicht und sprang zum Fenster.

»Aufhalten!« brüllte der Captain erneut.

Diesmal hatte er Erfolg mit seiner Aufforderung. Ich wurde im allgemeinen Verfolgungsstrudel mitgerissen.

»Na, warte!« rief Warren. »Selbst wenn du nicht fair kämpfst, werde ich dir...!« Am Fenster waren zwei Gestalten in einen Ringkampf verwickelt.

»Nicht schießen!« gellte Captain Green.

Ich erhaschte einen flüchtigen Blick auf Warrens blutiges Gesicht, als der Nachtwächter seine Arme wie eine Zwangsjacke um Geddes' Schultern schlang. Sein Gesicht zeigte einen Ausdruck triumphierender Ekstase. »Diesmal hab' ich dich!« keuchte er.

Clarke und zwei weitere Beamte sprangen rasch hinzu, und den vereinten Anstrengungen dieser drei erfahrenen Polizisten gelang es schließlich, den tobenden Engländer zu überwältigen. Wir anderen standen ziemlich dumm und benommen herum, dann setzte eine lebhafte Diskussion ein, der Dr. Lenz auf seine ruhige Art rasch wieder ein Ende bereitete.

»Das sollte uns allen eine Lehre sein«, sagte er. »Wenn man einen Zauberkünstler verhaften will, darf man sich nicht einmal auf Handschellen verlassen.«

Der staatliche Nervenarzt war gekommen und wieder gegangen. Green und seine Leute hatten das Sanatorium ebenfalls verlassen. Sie hatten Geddes mitgenommen. Im Arbeitszimmer des Direktors wurde es allmählich ruhig, als einer nach dem anderen vom Personal wieder seinen Pflichten nachging. Dr. Moreno und seine Ex-Miß Brush gingen als letzte. Ich hielt sie an der Tür auf.

»Meine Entschuldigungen sind genauso herzlich gemeint wie meine Glückwünsche«, begann ich. »Ich hoffe nur, daß der Umstand... ich meine, daß Sie jetzt verheiratet sind...«

»Pscht... bitte!« Miß Brush lächelte mich warnend, aber allerliebst an. »Wenn Sie jemals auch nur ein Wort davon erwähnen, daß ich verheiratet bin, wird man mich auf der Stelle feuern, Mr. Duluth! Im Interesse der Psychiatrie muß ich meinen Beruf auch weiterhin als verruchte Frau spielen. Aber eben doch nicht ganz so verrucht, wie Sie mich vielleicht gehalten haben, als Sie damals in der Nacht Dr. Moreno in meinem Zimmer antrafen und ich Ihnen seine Pantoffeln lieh, erinnern Sie sich noch?«

»Ich fürchte, daß ich ein lausiger Detektiv bin«, sagte ich und erwiderte ihr Lächeln. »Daß die Pantoffeln plötzlich wieder aus meinem Zimmer verschwunden waren, habe ich Trottel doch vollkommen übersehen!«

Die beiden Morenos zeigten in perfekter Übereinstimmung ihre prächtigen weißen Zähne.

»Und nachdem ich Ihre Frau beleidigt hatte, indem ich das Offensichtliche übersah, Moreno«, fuhr ich zerknirscht fort, »habe ich dann auch noch ihren Ehemann des Mordes bezichtigt!«

»Psychiater müssen sich oft noch viel schlimmere Bezeichnungen gefallen lassen«, antwortete Moreno freundlich. »Und eigentlich bin ich nicht einmal sehr überrascht, daß Sie mich für einen gewalttätigen Mann gehalten haben, Duluth. Ich glaube, Sie hatten mehrmals Gelegenheit, häusliche Mißstimmigkeiten zwischen meiner Frau und mir zu beobachten. Manchmal bin ich eben doch recht unvernünftig, wissen Sie, aber mitunter habe ich auch das Gefühl, daß sie ihre beruflichen Pflichten ein bißchen zu ernst nimmt. Sogar ein Psychiater ist eben nicht völlig immun gegen Eifersucht, besonders dann, wenn sie praktisch immer noch Braut ist.«

Miß Brush hakte sich verliebt bei ihm unter und ging mit ihm davon. Natürlich konnte sie es sich nicht verkneifen, mir über die Schulter hinweg noch einen atemberaubenden Blick zuzuwerfen.

Ich wollte den beiden schon folgen, als Dr. Lenz mich noch einmal zurückrief. Sein bärtiges Gesicht lächelte wohlwollend. Mit einer etwas fremd anmutenden Geste deutete er auf einen Sessel.

»Nun, Mr. Duluth«, begann er sehr ruhig, »ich bin

glücklich, daß doch noch einiges Gutes aus diesen beiden Tragödien erwachsen ist. Daß Sie selbst sich restlos erholt haben, macht mich eigentlich am glücklichsten. Durch Ihre brillante Logik haben Sie mir heute abend bewiesen, daß Ihre geistigen Fähigkeiten unter der vorübergehenden... äh... Umwölkung keineswegs gelitten haben. Sie haben das alles ohne Schaden überstanden. Und Sie haben mir auch bewiesen, wenn Sie mir diese Bemerkung gestatten wollen, daß Sie einen hervorragenden Verstand besitzen, diese Art von Intelligenz, die unsere Welt so dringend nötig hat.«

»Diese Art von Intelligenz hat gerade noch dazu ausgereicht, aus logischen Überlegungen doch falsche Schlüsse zu ziehen«, antwortete ich leicht deprimiert. »Also genau das, was man von einem Alkoholiker erwarten dürfte.«

»Überhaupt nicht, Mr. Duluth. Jeder... äh... totale Abstinenzler hätte es nicht besser tun können.« Er gestattete sich die schwächste Andeutung eines Kicherns, die ihm seine jupitergleiche Würde wohl gerade noch erlaubte. »Sie dürfen Ihre Kombinationen keineswegs unterschätzen, da sie ja voll und ganz meinen eigenen Überlegungen entsprachen.«

»Nur mit einem Unterschied«, entgegnete ich etwas bitter. »Sie haben auf den richtigen Mann getippt.«

»J-jaaa...« Die Stimme des Direktors klang zögernd. »Ich bin schließlich auf die richtige Lösung gestoßen, aber um Ihnen die Wahrheit zu sagen, Duluth, bis heute abend hatte auch ich einen ganz anderen verdächtigt.«

»Ach, wirklich?«

»Ich wußte von Anfang an, daß wir es mit einer sehr gesunden, sehr talentierten und sehr intelligenten Person zu tun hatten, und ich fürchte, daß ich die geistige und physische Akrobatik eines Mr. Geddes entschieden unterschätzte.« Er lehnte sich vor, als wollte er mir ein göttliches Geheimnis anvertrauen. »Sie sollen wissen, daß es nicht zu meinen Gewohnheiten gehört, Patienten in Sanatoriumsangelegenheiten ins Vertrauen zu ziehen. In Ihrem Falle habe ich es auch nur getan, weil ich mich in wissenschaftlicher Hinsicht viel stärker und unverzeihlicher verkalkuliert hatte als Sie.«

»Aber was haben Sie denn geglaubt, wer...?«

»Es konnte meines Erachtens nur einer in Frage kommen – nämlich Sie, Duluth!«

Ich saß da und starrte in diese blinzelnden, grauen Augen; genauso benommen wie in jener ersten Nacht, als ich ihm im selben Sessel gegenübergesessen hatte.

Dann begann ich zu lachen wie ein Narr.

»Sie haben also einen subversiven Einfluß in Gang gebracht, der sich dann selbst fangen sollte«, sagte ich.

»Ich entschuldige mich in aller Form für meinen Irrtum, Mr. Duluth, aber er hat sich zumindest als gute Therapie für Sie erwiesen. Ich glaube, die Aktivität hat Ihnen sehr geholfen.«

Der Direktor strich nachdenklich über seinen Bart.

»Und so seltsam es auch klingen mag, Mr. Duluth«, fuhr er schließlich fort. »Aber ich glaube, auch allen anderen Patienten haben die Aufregungen geholfen. Alle machen jetzt einen viel lebhafteren, interessierteren Eindruck. Und das ist etwas ganz Neues in meinen langjährigen Erfahrungen als Psychiater.«

»Mordgeflüster als Heilmittel«, sagte ich lächelnd. »Die Mordkur! Das ist zweifellos etwas ganz Neues für ein Sanatorium!«

Lenz schwieg einen Moment und klopfte mit seinem silbernen Drehbleistift auf der Schreibtischplatte herum.

»Ich bedaure nur, daß Sie uns nun schon bald wieder verlassen werden, Mr. Duluth«, sagte er schließlich.

»Dieses Bedauern ist natürlich rein persönlicher Art, verstehen Sie? Beruflich bin ich ja gezwungen, darüber entzückt zu sein.«

Noch vor einer Woche oder so hätte ich wer weiß was darum gegeben, diese Worte zu hören. Im Moment verhalfen sie mir nur zu einem Gefühl tiefer Depression.

»Ja«, murmelte er, »Sie könnten uns natürlich schon morgen verlassen, aber ich möchte Sie doch bitten, noch eine kleine Weile bei uns zu bleiben, als mein Gast. Sie waren freundlich genug, mir in der letzten Zeit zu helfen, und deshalb halte ich es jetzt für angebracht, nun ja, da ist noch eine kleine Angelegenheit...«

»Schon wieder ein subversiver Einfluß?« fragte ich, als er nicht weitersprach.

»Nein, aber es ist auch ein Problem, und dieses Problem ist eine Patientin. Eine Patientin, der auch weiter nichts fehlt, als wieder Interesse am Leben zu gewinnen, um sich restlos zu erholen. Ich hatte gehofft, daß Sie ihr vielleicht zu diesem neuen Interesse verhelfen könnten.«

Er stand langsam auf und ging auf die Tür zu. Als er auf der Schwelle einen Moment stehenblieb, sah er wieder aus wie der Stammvater aller Zauberkünstler. Er schien sich anzuschicken, das unvermeidliche weiße Kaninchen aus dem Nichts heraus auftauchen zu lassen.

»Ich möchte gern, daß Sie wenigstens einmal mit der fraglichen Patientin sprechen, Mr. Duluth«, sagte er, dann nickte er mir flüchtig zu und ging.

Natürlich wußte ich, was er gemeint hatte. Und dieses Wissen löste merkwürdigerweise bei mir die gleiche prikkelnde Nervosität aus, wie ich sie bei meiner ersten Premiere am Broadway empfunden hatte. Ich war aufgeregt und aufgeputscht, aber keineswegs mehr unsicher und zitterig wie in den letzten Wochen meines hiesigen Aufenthaltes.

Endlich wurde die Tür geöffnet.

Ich sprang auf die Beine.

»Iris!«

»Peter!«

Sie rührte sich nicht. Ich auch nicht. Wir standen nur da und sahen einander an. Ich weiß nicht, warum oder wie, aber ich nehme an, daß alle verliebten Leute sich so ansehen.

Oder – wie in unserem Falle – zwei verrückte Leute.

Nachwort

Der hier vorliegende Roman erschien erstmals 1936. Der Originaltitel lautete: PUZZLE FOR FOOLS, und daran sind zwei Tatsachen bemerkenswert. ›Puzzle‹ ist ein Wort, das heute auch im deutschsprachigen Raum gebräuchlich, auf jeden Fall jedoch verständlich ist. Bei uns versteht man darunter in erster Linie ein Geduldsspiel; ein Bauernhaus mit den Bergen im Hintergrund und einem herrlich blauen Himmel darüber wird in tausend Stücke zerlegt, die man dann mit viel Mühe und noch mehr Geduld wieder zusammensetzen muß. In der englischsprachigen Welt hat dieses Wort noch andere Bedeutungen, es ist ein Rätsel, ein schwieriges Problem, eine knifflige Frage, die es zu lösen gilt. Das ist viel präziser und sagt über einen Roman, der dieses Wort im Titel hat, bereits einiges aus. Wie sehr das Wort ›Puzzle‹ eine bestimmte Art des Kriminalromans kennzeichnet, erkennt man daran, daß es unter Kennern üblich ist, solche Bücher als typische ›Puzzler‹ zu bezeichnen. Da weiß man dann gleich, um was es geht, nämlich um einen fein gesponnenen, genau durchkonstruierten, logisch aufgebauten Roman mit einer subtilen Auflösung, bei der nichts offen bleibt, nichts vergessen wird und bei der es keine Enttäuschungen gibt.

Patrick Quentin hat den Puzzleroman nicht erfunden, aber er hat ihn mit meisterlichem Können auf seinen

Höhepunkt geführt. Der hier vorliegende Roman ist der erste einer Serie von sechs Romanen, die alle ›Puzzle for‹ im Titel haben.

Der Held dieser Romane ist Peter Duluth, ein Mann aus der Welt des Theaters, der mit Mord und Verbrechen eigentlich gar nichts zu tun hat. Patrick Quentin hat mit dieser Figur bewiesen, daß man als Held eines Kriminalromans nicht unbedingt einen Kommissar oder einen Privatdetektiv verwenden muß. Trotzdem ist Peter Duluth natürlich eine ›Detektivfigur‹, also jemand, der darauf aus ist, ein Geheimnis zu entdecken.

Kriminalromanautoren, die ihr Handwerk verstehen und genau wissen, wie man die Leser fesselt, haben immer wieder gezeigt, daß diese ›Detektivfigur‹ in allen nur denkbaren Erscheinungsformen auftreten kann. Es gibt Hausfrauen, Blinde, Lehrerinnen, Lords, alte Omas und noch unzählige andere dieser Detektive, die alle ihre Fälle erfolgreich gelöst haben. Ob ein Roman dem Leser gefällt, hängt oft davon ab, ob es dem Autor gelungen ist, eine Detektivfigur zu erfinden, für die sich seine Leser begeistern können.

Peter Duluth ist zweifellos eine solche Figur. Es ist ein sympathischer junger Mann, der sich zwar für alles interessiert, sich Gedanken macht, warum wohl dieses und jenes passiert sein könnte, der aber nicht klüger ist als andere und auf gar keinen Fall ein Besserwisser. Er hat dem Leser nichts voraus. Patrick Quentin ist sogar so fair seinen Lesern gegenüber, daß er sich diese großartige Schlußpointe erlauben kann, bei der sich herausstellt, daß Peter Duluth den falschen Mann in Verdacht hatte. Und es ist schon fast etwas Ironie im Spiel, wenn man dann auch noch erfährt, daß der gute Dr. Lenz den armen Peter verdächtigte. Solch einen augenzwinkernden Schluß kann sich allerdings nur ein Autor erlauben, der ganz genau weiß, daß er einen Roman geschrieben hat, an dem es nichts zu deuteln gibt.

Quentins Können zeigt sich auch an der zweiten bemerkenswerten Tatsache. Die ›Fools‹, die im Originaltitel erwähnt werden, sind eigentlich im Kriminalroman tabu. Es gibt einige geschriebene und noch mehr ungeschriebene Gesetze für Kriminalromanautoren, und in allen wird nachdrücklich darauf hingewiesen, daß Geisteskranke – also ›fools‹ – Figuren sind, mit denen ein seriöser Autor nicht arbeitet. Wer verwirrten Geistes ist, handelt nicht logisch, kann sich alles erlauben, wird nicht zur Rechenschaft gezogen und tut Dinge, auf die ein normaler Mensch – der Leser – gar nicht kommt.

Patrick Quentins Roman spielt in einem Nervensanatorium, in dem sich zwangsläufig kranke Menschen aufhalten. Es sieht fast so aus, als ob der Autor demonstrieren wollte, daß man sich, wenn man es wirklich kann, nicht an die Gesetze halten muß. Allerdings zeigt er auch in diesem Fall wieder, wie fair Quentin sich seinen Lesern gegenüber verhält. Der Täter ist keineswegs ein verwirrter Mensch. Er ist gesund, und deshalb ist auch alles, was er getan hat, nicht das Werk eines Irren, sondern eines planvoll vorgehenden Mörders. Also auch hier ist wieder klar zu erkennen, daß ein genialer Autor dieses Buch geschrieben hat.

Autor stimmt allerdings nicht ganz. Patrick Quentin ist nämlich ein Pseudonym, und zwar schreiben unter diesem Namen zwei Schriftsteller: Richard Wilson Webb und Hugh Callingham Wheeler. Webb hatte vorher schon mit Martha Mott Kelly zusammengearbeitet, dann war er eine Zeitlang allein tätig, bis er mit H. C. Wheeler Bücher schrieb. Von ihnen gibt es auch noch unter zwei anderen Pseudonymen Kriminalromane: Jonathan Stagge und Quentin Patrick. Insgesamt sind unter diesen drei Pseudonymen über zwanzig Bücher erschienen, das erste 1931, OCTAGE SINISTER. Als 1960 das Buch GREEN-EYED MONSTER herauskam, schrieb die Zeitung ›The Observer‹: »Es gibt immer noch niemanden, der so gut ist wie Patrick Quentin.«